SV

Band 666 der Bibliothek Suhrkamp

Yasushi Inoue

Die Berg-Azaleen auf dem Hira-Gipfel

Erzählung

Aus dem Japanischen
von Oskar Benl

Suhrkamp Verlag

Erste Auflage 1980

Druck: Nomos Verlagsgesellschaft Baden-Baden
Printed in Germany

Inhalt

Unter den Blüten
(1964)

I

Vater starb vor fünf Jahren, achtzig Jahre alt. Gleichzeitig mit seiner Beförderung zum Generalarzt ließ er sich pensionieren und zog sich mit achtundvierzig Jahren in seine Heimat auf der Izu-Halbinsel zurück. Während der ihm noch verbleibenden dreißig Jahre bestellte er einen kleinen Acker, der hinter dem Hause lag und baute dort das für das tägliche Leben nötige Gemüse an. Als er den Militärdienst quittierte, befand er sich in einem Alter, in dem er ohne weiteres eine ärztliche Praxis hätte eröffnen können, aber er verspürte nicht die geringste Lust dazu. Nach Ausbruch des Pazifischen Krieges wurden viele Militär-Hospitäler und Genesungsheime geschaffen und Vater wurde, da es an Militärärzten mangelte, oft aufgefordert, die Leitung eines dieser Krankenhäuser zu übernehmen, aber er lehnte jedesmal unter Hinweis auf sein hohes Alter ab. Offenbar konnte er sich nicht überwinden, die einmal abgelegte Uniform noch einmal anzuziehen. Seine Pension fand er ausreichend, aber da damals alles recht knapp und teuer war, hätte das Leben meiner Eltern, das allmählich trüb und ärmlich wurde, einen anderen Verlauf genommen. Es wäre ihnen nicht nur wirtschaftlich besser gegangen, sie hätten auch gesellschaftlichen Umgang pflegen können, es wäre in das Leben der beiden alten Leute fruchtbare Spannung gekommen.

Als ich einem Brief meiner Mutter entnahm, man sei wegen Übernahme eines Militärhospitals an Vater herangetreten, fuhr ich sofort hin, um ihn zu überreden, reiste aber dann ab, ohne diese Frage auch nur berührt zu haben. Der Anblick meines Vaters, wie er in einem über und über geflickten Bauernkittel, mit seinen sechzig Jahren plötzlich

auffallend abgemagert, zu dem hinter dem Hause liegenden Acker hin schlurfte, machte mir schlagartig klar, daß ihn mit der menschlichen Gesellschaft nichts mehr verband. Mutter erzählte mir, seit er sich in die Heimat zurückgezogen hatte, habe er kaum mehr das Grundstück verlassen, kamen Gäste ins Haus, zeigte er zwar kein mürrisches Gesicht, doch von sich aus suchte er niemanden auf. Es wohnten zwar nicht weit von ihm entfernt ein paar Verwandte, doch erschien er dort nur bei Trauerfällen. Er vermied es sogar, auf die an unserem Hause vorbeiführende Straße hinauszutreten.
Wir Kinder kannten die Abneigung unseres Vaters gegenüber anderen Menschen, doch nachdem wir in die Stadt gezogen waren, hatte jeder von uns mit seiner eigenen Familie zu tun, und dieser Charakterzug unseres Vaters wurde mit zunehmendem Alter noch viel ausgeprägter, als wir gefürchtet hatten.
So dachte er auch nie, daß wir ihn unterstützen sollten, seine Pension reichte wohl auch für das Allernötigste aus, doch mit Kriegsende veränderte sich alles, er bekam vorübergehend überhaupt kein Geld mehr, und als es wieder gezahlt wurde, war der Kaufwert außerordentlich gesunken. Ich sandte ihm monatlich eine gewisse Summe, aber es widerstrebte ihm offenbar, sie anzunehmen. Es war ihm, übertrieben gesagt, zum Sterben peinlich. Er gab nicht das geringste Geld unnötig aus. Obgleich ich ihm nicht wenig schickte, beharrte er bei seinem unglaublich niedrigen Lebensstandard. Er bestellte nach Kriegsende seinen Acker nach wie vor, züchtete Hühner, produzierte sogar selbst billiges Bohnenmus und kaufte keine zusätzlichen Nahrungsmittel. Wir kritisierten das, wenn wir ihn besuchten und gaben uns viel Mühe, ihn zu einer bequemeren Le-

bensweise zu überreden, aber es half nichts. Nur zu gern hätten wir den Lebensabend unserer Eltern angenehmer gestaltet, doch unser Geld gab Vater kaum aus, und so sandten wir Kleidung und Bettzeug, doch dieses wurde, wohl weil die Eltern es für zu wertvoll hielten, großenteils weggeschlossen oder nur höchst selten gebraucht, so blieb uns nichts anderes übrig, als ihnen Lebensmittel zu schikken. Da diese verderblich waren, mußten sie sie essen.

Die Lebensführung meines Vaters war stets makellos. Zwar erwies er niemandem Wohltaten, doch es grollte ihm auch keiner. Die dreißig Jahre Einsiedlerleben waren ohne jeden Fleck geblieben. Auf seinem Sparkassenbuch, das wir nach seinem Tode vorfanden, war ausreichend Geld, um damit seine und Mutters Bestattung zu decken. Das Haus sollte mir, seinem ältesten Sohn, gehören. Die während seiner Amtszeit als Militärarzt angeschafften Hausgeräte hatte er großenteils in der schweren Nachkriegszeit verkauft, und es war nichts von Wert zurückgeblieben. Dafür fehlte kein Stück von den seit Generationen vererbten Gegenständen wie etwa Rollbilder und Schmuck für die Ziernische. Er hatte das Familienvermögen weder vergrößert noch verringert.

Ich war, von meinen Eltern getrennt, bei meiner Großmutter aufgewachsen. Wir nannten sie Großmutter, doch sie war nicht mit uns blutsverwandt, sondern die Nebenfrau meines Urgroßvaters, einem Arzt, und sie hieß Nui. Sie war nach dem Tod meines Urgroßvaters in unser Familienregister eingetragen worden und hatte als Pflegemutter meiner Mutter eine Zweigfamilie begründet. Natürlich geschah dies aufgrund einer letztwilligen Verfügung meines Urgroßvaters und entsprach ganz seiner Art, hatte er sich doch niemals um das Urteil anderer gekümmert.

So war also Nui nach dem Standesregister meine Großmutter. Ich nannte sie »Großmutter O-Nui« und unterschied sie auf diese Weise von der wirklichen Urgroßmutter und Großmutter, der Mutter meiner Mutter. Es gab eigentlich keinen Grund, warum ich bei ihr aufwuchs. Als meine noch junge Mutter mit meiner jüngeren Schwester schwanger war und es keine Hilfe zuhause gab, vertraute man mich vorübergehend Großmutter O-Nui an, die in der Heimat lebte, und so verbrachte ich schließlich meine Kindheit bei ihr. Ihre etwas unsichere Position wurde dadurch, daß sie mich bei sich hatte, stabiler, und so wollte sie mich, zumal sie sich einsam fühlte und mich mochte, gar nicht gern wieder hergeben. Und ich, mit meinen fünf, sechs Jahren, hing an ihr und hatte verständlicherweise nicht viel Lust, wieder bei meinen Eltern zu wohnen. Zuhause kam nach meiner jüngeren Schwester mein Bruder zur Welt, und da ich mich gegen eine Heimkehr sträubte, ließ man mich also bei Großmutter O-Nui.

Ich war in der sechsten Volksschulklasse, als sie starb und ich nach Hause zurückkehrte. An dem Ort, wo Vater Dienst tat, ging ich zur Mittelschule. Doch weil er bald darauf versetzt wurde, war ich nicht einmal ein ganzes Jahr bei meinen Eltern und kam dann in das Internat einer nahegelegenen Kleinstadt. Ein Jahr, das ich nach Beendigung der Mittelschule untätig zubrachte, und ein weiteres Jahr, in dem ich schließlich doch Gymnasiast war, also insgesamt zwei Jahre, lebte ich in der Familie. Doch dann wurde mein Vater erneut versetzt und ich wohnte seitdem anderswo. Ich war also für Vater ein Kind, das nicht sehr lange mit ihm zusammen gelebt hatte, aber er behandelte mich nicht anders als meine drei Geschwister, die gewissermaßen zu seinen Füßen aufwuchsen. Er war stets unparteiisch und dies auf die natürlichste Weise. Seine Liebe war nicht geringer, weil jemand – wie ich – längere Zeit fern gewesen war, und sie war nicht stärker, weil jemand – wie meine Geschwister – ständig bei ihm lebte. Sah man seine Kinder neben denen von Verwandten, hatte niemand den Eindruck, es gäbe für ihn irgendwelche Unterschiede. Es mußte erstaunen, wie gleichmäßig seine Liebe zu allen war. Extrem gesagt, waren für ihn die eigenen Kinder und die von Nicht-Verwandten gleich. Seine eigenen Kinder empfanden ihn eher als kühl, Außenstehende wohl warmherzig.

Mit siebzig Jahren erkrankte Vater an Krebs. Die Operation erschien zunächst erfolgreich verlaufen, aber nach zehn Jahren brach das Übel erneut aus. Er mußte ein halbes Jahr im Bett liegen und verlor allmählich immer mehr Kraft. Angesichts seines hohen Alters riskierten die Ärzte keine weitere Operation. Sein Tod war nur mehr eine Frage der Zeit, und ungefähr einen Monat lang bestand täglich die Gefahr, daß er stürbe. Wir, seine Kinder, fuhren, als warteten wir darauf, zwischen der Heimat und Tôkyô hin und her und brachten eines Tages auch schon Trauerkleidung mit. Ich besuchte Vater am Tage vor seinem Tod und fuhr, da er nach Ansicht des Arztes vielleicht noch vier, fünf Tage durchhielt, am gleichen Abend nach Tôkyô zurück, doch da starb er plötzlich. Vater war bis zuletzt völlig bei Bewußtsein und gab klare Anweisungen, etwa, wie die Trauergäste zu bewirten seien und sogar wie die Todesanzeige abgefaßt werden solle.

Als ich Vater zum letzten Male sah und ihm sagte, ich würde jetzt nach Tôkyô zurückfahren, in ein paar Tagen aber wiederkommen, streckte er mir seine abgemagerte Hand aus dem Bettzeug hin. Da er so etwas noch nie getan hatte, war ich mir nicht klar, ob er nicht vielleicht etwas von mir wünschte. Ich nahm seine Hand in die meine. Daraufhin drückte er meine Hand. Beide Hände hielten so einander, aber einen Augenblick später war mir, als würde meine Hand von der seinen leicht weggestoßen. Es war ein Gefühl, wie wenn beim Angeln an der Angelrute plötzlich etwas zuckt. Betroffen zog ich meine Hand aus der seinen. Ich wußte nicht, wie ich mir das erklären sollte, aber mir schien, als habe sich hier der Wille meines Vaters kundgetan. Ich hatte zuversichtlich seine Hand ergriffen und war ernsthaft zurückgestoßen worden – irgendwie war mir seltsam kühl ums Herz.

Diesen Vorfall konnte ich nach Vaters Tod lange nicht vergessen. Angestrengt sann ich immer wieder darüber nach. Vater wußte, daß seine Todesstunde näher rückte, und vielleicht hatte er mir die Hand hingestreckt, um mir ein letztes Zeichen seiner väterlichen Liebe zu geben, doch als er dann meine Hand ergriff, widerstand ihm plötzlich diese Herzensregung, und er stieß sie leicht zurück. Eine solche Auslegung war durchaus möglich. Ich fand sie sogar recht einleuchtend. Oder aber Vater fühlte Unbehagen gegenüber meiner Hand, die ich, um seine Geste zu erwidern, ihm reichte, und er entzog mir plötzlich diese liebevolle Geste, die er mir hatte erweisen wollen und ließ meine Hand los. Wie dem auch immer war, nur soviel stand fest: dadurch, daß er meine Hand leicht zurückgestoßen hatte, stellte er die alte Distanz zu mir, der ich ihm plötzlich zu nahe gekommen war, wieder her. Das entsprach, dachte ich, seinem Wesen, und so sollte es mir recht sein.

Andererseits konnte ich es nicht völlig von mir weisen, daß vielleicht ich in gleicher Weise seine mir gereichte Hand zurückgestoßen hatte, Vater hatte vielleicht überhaupt keine Kälte mir gegenüber verspürt, alles war vielmehr mir anzulasten. Nichts bewies, daß eine solche Interpretation unmöglich war. Er durfte mir, seinem Kind, die Hand nicht reichen! Und deswegen stieß ich seine von mir ergriffene Hand leicht zurück. Sobald ich es so auslegte, überfiel mich großer Schmerz.

Schließlich aber gelang es mir, mich von diesem quälenden Hin und Her zu lösen. Plötzlich fühlte ich mich befreit. Entscheidend war wohl meine Vorstellung, daß vielleicht auch mein Vater, von gleichen Zweifeln gequält, im Grab über diesen winzigen, unverständlichen Vorfall nachsann. Vielleicht hatte er, wie ich, schon vor seinem Sterben über all das nachgedacht. Während ich das überlegte, fühlte ich mich plötzlich als sein Kind, wie ich es, während er noch am Leben war, nie getan hatte. Ich bin das Kind meines Vaters, dachte ich, und Vater ist mein Vater.

Nach seinem Tod wurde mir zu meiner großen Überraschung bewußt, wie sehr ich ihm doch glich. Zu seinen Lebzeiten kam mir nie der Gedanke, ihm irgendwie ähnlich zu sein, und auch in meiner Umgebung schien man überzeugt zu sein, daß sich mein Wesen von dem meines Vaters beträchtlich unterschied. Während meiner Schul- und Universitätsjahre war ich überzeugt, völlig anders zu sein als er und mein Leben ganz und gar verschieden einrichten zu wollen. Ich hatte jedenfalls nicht den leisesten Eindruck, daß ich und mein Vater uns in irgendeiner Weise glichen. Menschenscheu war mein Vater schon in seiner Jugend gewesen, aber ich besaß viele Freunde, ich war Sport-Champion an der Universität, mich verlangte es, inmitten eines fröhlich bewegten Kreises zu leben. Und so blieb es auch nach meinen Studienjahren. Als ich das Alter erreichte, in dem mein Vater sein Einsiedlerleben begonnen hatte, dachte ich nicht im Traum daran, mich, wie er damals, in die Heimat zurückzuziehen und alle Brücken abzubrechen. Mitte Vierzig gab ich meine Stellung bei der Zeitung auf, begann also ein neues Leben als Schriftsteller, blieb aber mit der Gesellschaft eng verbunden, während mein Vater niemanden mehr zu sehen wünschte.

Nach seinem Tode wurde mir in belanglosen Augenblikken bewußt, daß ich doch dies und jenes von meinem Vater hatte. So fühlte ich etwa, wenn ich von der Veranda in den Garten hinunterstieg, daß ich in der gleichen Haltung wie er einst mit den Füßen nach den Geta-Schuhen tastete. Ebenso war mir zumute, wenn ich im Wohnzimmer die Zeitung auseinanderfaltete und, nach vorn gebeugt, darin las. Auch das Zigaretten-Kästchen nahm ich wie er vom Tische auf und stellte es wieder zurück. Auch stand ich jeden Morgen vor dem Spiegel über dem Waschbecken, rasierte mich mit der Sicherheitsklinge, wusch den seifigen Pinsel im heißen Wasser aus und wrang das Wasser an der Pinselspitze mit den Fingern aus. Dabei hatte ich oft plötzlich das Gefühl, ich täte dies genau wie er.

Aber davon abgesehen war mir nun auf einmal, als dächte ich auch so wie Vater einst. Bei der Arbeit stand ich oft von meinem Schreibtischsessel auf, setzte mich in den Korbstuhl auf der Veranda, verfiel in vages Sinnieren, das mit meiner Arbeit nicht das Geringste zu tun hatte, und da fiel mein Blick oft auf ein paar Zelkovenbäume, die ihre alten Zweige nach allen Richtungen streckten. Wie oft hatte ich in dieser beobachtenden Haltung meinen Vater gesehen. Wenn er auf der Veranda des Heimathauses im Korbstuhl saß, schaute er auch immer auf den Wipfel eines Baumes. Mir war plötzlich, als starrte ich in einen Abgrund, der sich zu meinen Füßen aufgetan hatte. War meinem Vater damals nicht vielleicht ähnlich zumute gewesen? Dadurch, daß ich fühlte, wie mein Vater gewissermaßen in mir war, und ich wohl dachte wie er, erinnerte ich mich sehr oft an jenen Mann, der einmal mein Vater war. Ich saß ihm häufig gegenüber und unterhielt mich mit ihm.

Nach seinem Tode erkannte ich plötzlich, daß er mich, solange er lebte, vor dem Tod geschützt hatte. Dies war mir bis dahin, eben weil er noch am Leben war, natürlich nicht bewußt gewesen, doch irgendwo in meinem Herzen empfand ich so und hatte daher nie an meinen Tod gedacht. Doch nun, da mein Vater tot war, eröffnete sich ein weiter Ausblick auf ihn wie auf ein Meer, und ich mußte, ob ich wollte oder nicht, den Tod näher ins Auge fassen. Ich begriff, daß ich als nächster an die Reihe kam. All dies aber erkannte ich erst, nachdem mein Vater gestorben war. Durch sein Leben war ich als Kind vor dem Tod geschützt gewesen. Doch war dies nicht etwa eine Gabe, ein Geschenk von ihm, und es hatte nichts mit Eltern- und Kindesliebe zu tun. Es entstand ganz natürlich aus den Beziehungen zwischen Eltern und Kindern, rührte daher, daß ich sein Kind und er mein Vater war.

Nachdem Vater gestorben war, empfand ich meinen eigenen Tod als ein Geschehen, das nicht mehr unbedingt in weiter Zukunft lag, doch meine Mutter war noch rüstig, und so blieb mir der Ausblick auf den Tod doch noch zur Hälfte versperrt.

Heute hat meine Mutter das gleiche Alter, in dem Vater starb. Da sie fünf Jahre später als er geboren wurde, wird sie in diesem Jahre achtzig.

2

Bald nach Vaters Tod erfüllte uns das Verhalten unserer Mutter mit Sorge. Sie blieb zunächst allein in dem Heimathaus zurück. Von uns vier Geschwistern wohnte meine älteste Schwester Shigeko in Mishima, die jüngere, Kuwako, mein Bruder und ich lebten mit unseren Familien in Tokyo. Da sich Mutter dreißig Jahre lang an das Heimathaus gewöhnt hatte, dachte sie naturgemäß nicht daran fortzuziehen, aber wir Kinder konnten sie unmöglich für immer sich selber überlassen. Sie war sehr rüstig, ging, von kleiner Statur, nicht gebeugt, und schon nach wenigen Bewegungen färbten sich ihre Wangen mit gesundem Rot, ihr hohes Alter war ihr nicht anzusehen. Sie konnte ohne Brille Zeitung lesen und trug, mochten ihr auch ein oder zwei Backenzähne fehlen, jedenfalls kein Gebiß. Ihre Erscheinung war tadellos, und sie schien auch im Vollbesitz ihrer geistigen Kräfte zu sein, allerdings wurde sie schon ein paar Jahre vor Vaters Tod vergeßlich und wiederholte das gleiche mehrere Male hintereinander. Vater hatte es offensichtlich bedrückt, sie allein zurückzulassen und bat bis zu seinem Tod jeden, der zu ihm kam, sich einmal um sie zu kümmern. Mir leuchtete diese Sorge damals nicht recht ein, aber nach Vaters Tod begriff ich ihn gut. Lebte man von ihr getrennt, fiel es einem kaum auf, wohnte man aber auch nur eine Weile mit ihr zusammen, fand man, daß sich das Alter überraschend stark und verheerend in ihr Gehirn eingefressen hatte. Saß man fünf oder zehn Minuten ihr gegenüber, war ihr nichts anzumerken, doch dauerte es eine Stunde, so irritierte es, wie oft sie sich wiederholte. Offenbar vergaß sie sehr schnell, was sie gesagt und der andere geantwortet hatte. Dem Inhalt nach war alles verständlich, was sie sprach, im Gegensatz zu Vater war sie von Jugend auf gesellig, die Worte kamen ihr mühelos über die Lippen. Wenn sie sich auch nur nach dem Befinden eines anderen erkundigte, spürte man ihre freundlich aufgeschlossene Art. Hörte jemand sie nur einmal reden, kam niemand auf die Idee, irgendein Teil ihres Gehirns sei eingerostet. Nur sobald sie anfing, Wort für Wort mit dem gleichen Gesichtsausdruck zu wiederholen, mußte sich jeder über ihr merkwürdiges Gebaren wundern.

Bis zu Vaters erstem Todestag lebte sie in der Heimat mit einem jungen Dienstmädchen, das dem Alter nach ihr Enkelkind hätte sein können. Doch dann, nachdem sie uns tausend Schwierigkeiten bereitet hatte, zog sie protestierend und höchst unwillig nach Tôkyô und lebte bei ihrer jüngsten Tochter, also meiner Schwester Kuwako. Diese hatte aus gewissen Gründen ihren Mann und dessen Familie verlassen, betrieb einen Schönheitssalon und wollte sich aus eigener Kraft durchs Leben bringen. Sie nahm ihre Mutter auf und lebte mit ihr zusammen. An sich waren auch ich und mein Bruder in Tôkyô, aber Mutter wollte sich lieber von ihrer Tochter als von einer Schwiegertochter versorgen lassen. Nur unter der Bedingung, daß sie zu Kuwako ziehen könne, war sie nach Tôkyô gekommen.

Seitdem geschah es immer häufiger, daß sie alles ein paar Mal wiederholte. Kuwako berichtete mir bei ihren Besuchen, wie es immer schlimmer wurde, es wäre nicht länger auszuhalten, wie Mutter einer gesprungenen Schallplatte gleich von früh bis spät dasselbe redete. Um Kuwako zu entlasten, bat ich hin und wieder Mutter, zu uns zu kommen. Aber sie blieb dann nur eine Nacht, schon am nächsten Morgen wollte sie unbedingt zurück. Und versuchten wir mehr oder weniger gewaltsam, sie daran zu hindern, blieb sie nie länger als zwei Nächte. Auch ich und meine Familie erkannten, daß Mutters Vergeßlichkeit, ihre krankhafte Manie, immer wieder dasselbe zu erzählen, jedesmal zunahmen.

»In Großmutter ist irgend etwas entzweigegangen!« meinte mein ältester Sohn, der die Universität besuchte. Und tatsächlich wirkte meine Mutter, wenn man sie genauer beobachtete, wie eine kaputte Maschine. Es handelte sich nicht um eine Krankheit, es war vielmehr irgendwo in ihr etwas entzweigegangen, zerbrochen, und daher war es äußerst schwierig, mit ihr zurechtzukommen. Das, was in ihr zerstört und was noch in Ordnung war, erschien miteinander vermengt, es war kaum möglich, beides auseinanderzuhalten. Ihre Vergeßlichkeit war unfaßbar. Doch einiges vergaß sie nicht, sondern behielt es gut.

Wenn meine Mutter bei uns war, sah sie ziemlich oft zu mir ins Arbeitszimmer herein. Da sie mit ihren Pantoffeln charakteristische Geräusche verursachte, wußte ich immer sofort, daß sie nun kam. »Verzeih, wenn ich dich einen Augenblick störe!« sagte sie höflich wie eine Fremde und trat schon ein. »Ich wollte mich nur kurz über etwas mit dir unterhalten«, erklärte sie einleitend und dann erzählte sie irgend etwas, was ich von ihr schon zahllose Male vernommen hatte. Es ging etwa darum, daß da oder dort eine Heirat stattfinde und Geschenke geschickt werden müßten, oder ich sollte, nach ihrer Meinung, unbedingt etwas wissen, was der oder jener gesagt habe. Für mich hatte all das nicht die geringste Bedeutung, ihr war es jedoch offenbar so wichtig, daß sie immer wieder darauf zurückkam.

Trat sie zu mir ins Arbeitszimmer, erschien es ihr manchmal möglich, mich dieser Sache wegen schon einmal aufgesucht zu haben, ihr Gesichtsausdruck verriet dann etwas Unsicherheit, und in ihrer Stimme schwang ein leichtes Zögern, während sie mir »Hör einmal!« zurief und ich ihr gleich entgegenrief, was sie mir wohl mitteilen wollte. Sie sah in solchen Augenblicken beschämt wie ein junges Mädchen aus, so als fiele ihr plötzlich ein, daß sie mir das ja schon erzählt hatte. Dann aber versuchte sie die Unwissende zu spielen, schritt schnell durchs Zimmer, ging wieder auf den Flur hinaus, schlüpfte in ihre Geta-Schuhe und eilte, als sei ihr etwas Wichtiges eingefallen, und ich hörte von dort bald ein fröhlich unbekümmertes Lachen. Aber nach ein, zwei Stunden erschien sie von neuem bei mir, um mir eben diese Geschichte zu erzählen.

Sicher, so überlegte ich, wiederholte sie bestimmte Dinge immer noch einmal, weil sie sich eben sehr dafür interessierte. Beseitigte man also den Grund dieses Interesses, konnte man sie davon abbringen. Wir waren jedenfalls davon überzeugt und bemühten uns in diesem Sinn. Redete Mutter eifrig davon, es müsse ein Geschenk versandt werden, zeigte ihr meine Frau, Mitsu, dieses Geschenk, sie packte es vor ihren Augen ein und beauftragte unsere alte Hausgehilfin, es zur Post zu bringen. Aber dadurch ließ sich Mutter seltsamerweise nicht beruhigen. Fast spöttisch bemerkte sie, man könnte ja nicht wissen, ob es wirklich fortgebracht werde, und dabei sah sie meiner Frau mißtrauisch ins Gesicht. In solchen Augenblicken hatte Mutter nichts Liebenswertes an sich. Sie unterschied sehr scharf, ob etwas glaubwürdig oder nur vorgetäuscht war. Auf höchst hartnäckige Weise wiederholte sie die gleichen Worte und hörte lange nicht damit auf. Das erweckte bei jedem den Eindruck der Aufsässigkeit, doch war sie weder aufsässig noch boshaft. Nach ein, zwei Stunden hatte sie

alles vergessen – auch daß Mitsu das Paket vor ihren Augen zusammengeschnürt hatte.
Aber in Mutters Kopf wiederholte die gesprungene Platte nicht nur unverändert die gleichen Worte. Unversehens ließ ihr Interesse an den Personen nach, über die sie so ausgiebig geredet hatte, und sie konzentrierte sich auf jemand ganz anderen. Selbst Kuwako, die Mutter am besten kannte, vermochte dies nicht zu erklären. Der Grund blieb dunkel.
Mir fiel es im Sommer des vergangenen Jahres auf, daß Mutter ständig von Shumma, einen 1893/1894 mit siebzehn Jahren verstorbenen jungen Mann redete. Ich hatte an jenem Abend einen Gast in ein Restaurant in Tsukiji eingeladen und kam nach elf Uhr heim. Als ich mich auf das Sofa im Wohnzimmer setzte, hörte ich aus dem kleinen Raum nebenan mit den Stimmen der Kinder auch die meiner Mutter. »Oh, Mutter ist da?« rief ich. »Ja, ganz unerwartet!« antwortete meine Frau lachend. Am Abend hatte Kuwako angerufen, Mutter habe von sich aus erklärt, sie wolle heute zu uns; sie hätte es ihr nicht ausreden können und bringe sie gleich im Wagen mit.
»Ich weiß ja«, hörte ich meinen Zweitältesten sagen, der in die dritte Gymnasialklasse ging, »daß du Shumma sehr gern gehabt hast, Großmutter, aber es ist ja gräßlich, daß du immerzu nur von ihm redest! Mit achtzig sollte man das eigentlich lassen!«
»Sehr gern gehabt, sagst du?« erwiderte meine Mutter.
»Du willst uns wohl alle hinters Licht führen? Du *mochtest* doch Onkel Shumma gern oder nicht? War er dir vielleicht unangenehm?«
»Was heißt hier *Onkel* Shumma? Er war ebenso alt wie du jetzt!«

»Wenn er jetzt lebte, wäre er fast neunzig!«
»So? Wohl kaum . . .«
»Er war doch sieben, acht Jahre älter als du!«
»Was heißt ›wenn er jetzt lebte‹? Er ist doch damals gestorben. Er war genau so alt wie du jetzt, aber er war viel netter und auch gescheiter!«
Unter dem lauten Geschrei der Kinder ging ihre Stimme unter. Irgend jemand hatte sich auf den Boden geworfen und es knirschte die Schiebetür. Ich hörte unseren Zweitältesten reden, aber auch das Lachen unseres Ältesten ebenso wie das meiner zweitältesten Tochter, welche die Mittelschule besuchte. Es ging höchst munter zu.
»Die Kinder sollten sich nicht so über Mutter lustig machen!« sagte ich.
»Mutter ist selbst schuld daran. Jedesmal wenn sie kommt, erzählt sie ihnen von Shumma!«
»Was erzählt sie denn?«
»Shumma war *so* nett . . . er kam schon mit siebzehn Jahren ins Erste Obergymnasium . . . war immer der Primus . . . er wäre, falls er noch lebte, bestimmt ein berühmter Gelehrter geworden! Damit ziehen die Kinder sie natürlich auf. Shummas jüngeren Bruder Takenori lobt sie zwar auch, doch lange nicht so wie Shumma. Am Todesgedenktag für Takenori war auch Mutter eingeladen, und auch da hat sie nur von Shumma geredet. Ich gab ihr damals zu verstehen, daß das Takenori gegenüber nicht fair sei!«
Ich hatte von all dem keine Ahnung. Meine Frau sah mich verwundert an.
»Seit langer Zeit schon«, erklärte sie mir, »spricht sie von Shumma, und du weißt gar nichts davon? Die Kinder unterhalten sich doch ständig in deiner Gegenwart dar-

über! Sie hat Shumma offenbar sehr gern gehabt.«
»So etwas! Da tut mir ja Vater leid.«
Ich kannte natürlich den Namen Shumma und den seines jüngeren Bruders Takenori als Mitglieder einer unserem Hause nahestehenden Familie. Sie waren entfernte Vettern meiner Mutter. Mein Großvater mütterlicherseits und die Brüder Shumma und Takenori waren Vettern. Die beiden Brüder hatten in jungen Jahren ihre Eltern verloren, traten daher in unsere Familie ein und wuchsen offenbar mit meiner Mutter zusammen auf, doch Shumma starb bald nach seiner Aufnahme ins Erste Obergymnasium. Auch Takenori starb, während er die gleiche Schule besuchte. Sie wurden beide nicht älter als siebzehn Jahre. Da sie so jung ins angesehenste Obergymnasium aufgenommen wurden, waren sie vielleicht wirklich, wie Mutter behauptete, hervorragend begabt. Auf unserer Familiengrabstätte in meiner Heimat befanden sich an der Südostecke die Grabsteine der beiden. Der ältere, also Shumma, hatte unseren Familiennamen angenommen, der jüngere nicht. Ich hatte von klein auf das Gefühl, daß hier zwei Menschen ruhten, die sich in unsere Familie eingeschlichen hatten.
Nachdem ich wußte, daß Mutter ständig von Shumma sprach, paßte ich insgeheim auf. Nur ich hatte also nichts davon gewußt, sogar unsere alte Hausgehilfin wußte Bescheid, daß Mutter von Shumma wie von einem Geliebten sprach. Als ich Kuwako bei ihrem nächsten Besuch fragte, meinte sie, Mutter vermiede es wohl absichtlich in meiner Gegenwart den Namen Shumma zu erwähnen. In der Heimat und bei unseren Verwandten sei die Geschichte allen bekannt. Nur uns, ihren Kindern, habe man aus einer gewissen Scheu nie etwas davon erzählt. Auch Mutter besitze wohl noch so viel Einsicht.

Im Grunde war das, was meine Mutter über Shumma redete, recht simpel: er war sehr nett und außerordentlich begabt gewesen, hatte eines Tages, während er über seinen Schularbeiten saß, meiner Mutter, die sich vom Garten her der Veranda näherte, zugerufen, sie solle doch zu ihm heraufkommen. Mehr war es nicht. Daß er ihr zugerufen hatte, sie möge für einen Augenblick zu ihm heraufkommen, war für sie, damals noch ein kleines Mädchen, ein bedeutendes Ereignis, das sie ihr Leben lang nicht hatte vergessen können. Weiter erzählte sie nichts. Vielleicht war ihr auch nur dies im Gedächtnis geblieben. Unter allem, was sie je interessierte, war dieses Erlebnis mit Shumma ihr auch nach so langer Zeit unvergeßlich geblieben.

Sobald wir Geschwister zusammenkamen, unterhielten wir uns fortan darüber. Es war uns klar, daß Mutter in ihren Jungmädchenjahren den frühverstorbenen begabten Jungen sehr gern gemocht hatte. Doch darüber hinaus konnten wir uns nichts vorstellen. Da Shumma in eine andere, unsere Familie, eintrat, war er vielleicht so etwas wie ein künftiger Verlobter meiner Mutter geworden. Und jedesmal, wenn wir darüber sprachen, meinte einer von uns, daß es eigentlich doch nicht recht angehe, daß Mutter, die fast ihr ganzes Leben mit unserem Vater verbracht hatte, nun ausschließlich von Shumma sprach. Unser Gespräch über dieses Thema endete fast immer damit, daß wir lachten. Meine Mutter erschien mir fortan in einem leicht anderen Lichte als bisher.

Wir befanden uns nicht mehr in einem Alter, daß wir es als unangenehm empfunden hätten, wie Mutter diese kleine Liebesgeschichte ihrer Jungmädchenzeit das ganze Leben lang in ihrem Herzen bewahrt hatte. Wir waren uns auch dessen sicher, daß unser verstorbener Vater, falls er davon

erführe, nicht sonderlich betroffen wäre. Das alles lag siebzig Jahre zurück. Und mochten ich, meine Geschwister und alle in unserem Hause ein wenig den Kopf schütteln, wir hatten eher ein erfrischendes Gefühl, so als striche kühler Wind über unsere Köpfe.
Ich verbot den Kindern, ihre Großmutter weiter aufzuziehen, doch wenn sie zu uns kam, begann Mutter von sich aus und in einem Ton, als würde sie etwas völlig Neues berichten, ihr Erlebnis mit Shumma zu erzählen. Daraufhin machten die Kinder ein Gesicht, als wollten sie sagen ›Nun fängt das schon wieder an!‹, doch wenn sie in ihrer Geschwätzigkeit damit fortfuhr, lachten sie sie aus. Sobald Mutter von Shumma zu sprechen anfing, nahm ihr Gesicht einen besonderen, irgendwie beschämten Ausdruck an, als sei es vielleicht doch besser, sie würde schweigen. Aber hierauf begann sie fast mädchenhaft mit einer Miene, die auszudrücken schien: ›Schön, aber ein klein wenig will ich euch doch davon erzählen‹ die alte Leier von vorn.
Ich blickte Mutter gespannt an, wenn sie den Namen Shumma aussprach. Mich beherrschte eine Neugierde, als beobachtete ich sie mit den beweglichen Fühlern eines Insekts. Da sie, wenn sie mit mir allein war, nie Shumma erwähnte, gab es für mich dann keine Möglichkeit, sie zu studieren. Sobald sie in Gegenwart anderer auf das Thema Shumma kam, war keine Spur von Unbescheidenheit in ihrem Gesicht zu lesen, eher hatte ich das Gefühl, sie zögerte, war ein wenig beschämt, jedenfalls waren ihre Empfindungen hierbei so stark wie sonst nie. Mir wurde immer klarer, daß sie als junges Mädchen den jungen Vetter sicher geliebt hatte, und es bewegte mich tief, daß sie diese Liebe bis in ihr hohes Alter getreulich bewahrt hatte. In den Worten und auch im Gesichtsausdruck mei-

ner vom Alter schon arg mitgenommenen Mutter lag etwas, was unabhängig von diesem Alter, Mitgefühl wachrief. Selbst in ihrer sonst so optimistisch klingenden Stimme, wie sie für alte Menschen typisch ist, und auch in ihrer manchmal sehr geistesabwesenden Miene war etwas, das schweigende Distanz gebot.
Es heißt, man soll Frauen, selbst wenn sie einem Kinder geschenkt haben, nie ganz vertrauen. Das stimmt wirklich, sagte ich zu meiner Frau.
»Ja? Meinst du? Oder ist das eine Eigenart deiner Mutter?«
Mitsu blickte mich an, als wollte sie forschend in sich selbst hineinsehen. Sobald sie meine Mutter betrachtete, hatte sie offenbar das Gefühl, daß das menschliche Leben nicht viel tauge. Ob dies zutrifft, hängt natürlich von dem Standpunkt ab, den man einnimmt.
Man konnte durchaus behaupten, daß körperliche Beziehungen zwischen Eheleuten, die ein ganzes Leben gewährt haben, bedeutungslos sind, ein wenig Liebe zweier Menschen aber nie erlischt. So gesehen, war das Leben keineswegs wertlos. Wie man auch immer darüber denken mag, es gab bei diesem Gespräch zwischen mir und meiner Frau etwas Herzbewegendes, wie im Gesicht meiner Mutter.

Im Sommer des letzten Jahres starb die Mutter meiner Frau im Hause ihrer zweiten Tochter in Hiroshima, in der Familie, in welche die jüngere Schwester meiner Frau hineingeheiratet hatte. Auch meine Frau stammte aus einer Familie, deren Mitglieder ein hohes Lebensalter erreichten. Ihr Vater war gegen Ende des Krieges mit achtzig Jahren, also so alt wie mein Vater, gestorben und nun war ihre vierundachtzigjährige Mutter dahingegangen. Wir hatten zu Anfang des Sommers erfahren, daß sich ihr Gesundheitszustand verschlechterte. Meine Frau fuhr daraufhin sofort nach Hiroshima, pflegte ihre Mutter und war bei ihr, als diese nach einem halben Monat ihre Augen für immer schloß. Einer Erkältung wegen konnte ich nicht zur Trauerfeier kommen. Ich sah meine Schwiegermutter zum letzten Mal, als ich sie im Mai an ihrem Krankenbett besuchte.

Meine Frau blieb noch etwa zwei Wochen bei ihrer Schwester. Das war für sie, die nur sehr ungern das Haus allein ließ, höchst ungewöhnlich, aber es gab noch allerlei zu regeln und als sie nun einige Zeit bei ihrer Schwester verbrachte, hatte sie das Gefühl, daß dies wohl zum letzten Mal sei. Nach Tôkyô zurückgekehrt, berichtete meine Frau beim Abendessen Einzelheiten über den Tod ihrer Mutter, sowohl das, was sie selbst erlebt als auch das, was sie von ihrer Schwester erfahren hatte. Sie meinte, sehr alte Frauen seien sich doch recht ähnlich.

Meine Schwiegermutter rief einen Monat vor ihrem Tod öfter den Namen ihrer älteren Schwester, von der sie an Eltern Statt aufgezogen worden war. »Bring mir Wasser!«, »Bring mir die Medizin!« bat sie sie bei jeder Gelegenheit. Fast ein Jahr lang lag sie krank, doch bis dahin hatte sie mit klarem Verstand regelmäßig veranlaßt, daß an dem Buddha-Altar für ihren verstorbenen Mann Wasser dargebracht werde. Es verging kein Tag, ohne daß sie von ihm sprach, obwohl er schon vor zehn Jahren gestorben war. Doch plötzlich hörte sie damit vollkommen auf, redete nur mehr von ihrer Schwester und dies in einem schmeichelnden Ton wie ein kleines Mädchen zu ihrer sehr viel älteren Schwester, was aus dem Munde einer alten Frau seltsam klang.

Als ich zu ihr ging«, erzählte meine Frau, »hat sie mich mit ihrer Schwester verwechselt und rief ›Ah, bist du gekommen, Schwester?‹«

Meine Frau ahmte hierbei die Stimme ihrer Mutter nach, doch mein Ältester sagte:
»Ach, da wird einem ja schlecht, wenn man dir so zuhört ...«
»Uns, die wir dies erlebt haben, war das nicht zuwider!« antwortete meine Frau. »Ich wundere mich nur, woher bei einer so alten Frau eine derart einschmeichelnde Stimme kommt. Sie war so freundlich und nett, daß selbst die Krankenschwester darüber staunte und aufmerksam wurde, wenn meine Mutter anfing, nach ihrer älteren Schwester zu rufen. Von da an wurde sie langsam wieder ein Kind, und wenige Tage vor ihrem Tod war sie ein Baby geworden. Sie steckte den Daumen in den Mund und lutschte daran. Sie hielt ihn wohl für die Mutterbrust. Sie war wirklich ein Säugling!«
Ich freilich konnte mir nicht recht vorstellen, wie eine vierundachtzigjährige Frau an ihrem Daumen lutschte. Doch da der Körper meiner Schwiegermutter immer kleiner wurde, je näher sie dem Tode kam, vermochte ich nachzufühlen, daß ihre Umgebung diese Entwicklung zum Baby vielleicht gar nicht so unnatürlich fand.
»Bei meiner Mutter in Hiroshima«, fuhr meine Frau fort, »hatte ich das Gefühl, daß ich deine Mutter gut begreifen kann. Sie wird sich auch eines Tages zu einem Baby zurückentwickeln. Jetzt ist sie bei ihrem zehnten Lebensjahr angelangt und wird eine Weile dort bleiben. Ich bin fest davon überzeugt. Es ist nicht so, daß sie Shumma nicht hat vergessen können, sie ist einfach in ihr zehntes Lebensjahr zurückgekehrt, in dem sie mit ihm gespielt hat.«
Dieser Auffassung wußte ich nichts entgegenzusetzen. Es war das keineswegs unmöglich.
»Also, unsere Großmutter ist jetzt zehn Jahre alt«, sagte

meine jüngste Tochter, »und weil sie damals mit Großvater noch nicht verheiratet war, kann sie jetzt auch nicht von ihm erzählen. Sie kannte ihn überhaupt nicht!«
»Bei Großmutter in Hiroshima«, meinte unser Zweitältester, »ging es eben sehr schnell, sie ist ganz plötzlich zum Mädchen, zum Kind und zum Baby geworden. Aber Großmutter hier ist ja noch sehr kräftig, ihr zehntes Lebensjahr wird noch eine gute Weile dauern. Sie wird uns noch lange von Shumma erzählen!«
»In umgekehrter Richtung immer jünger werden, bedeutet, daß die Vergangenheit erlischt«, bemerkte unser Ältester. »Verschwindet sie ganz, mag das auch einen gewissen Reiz haben, aber hier, bei unserer Großmutter, bleiben die nicht erloschenen Abschnitte ihres Lebens erhalten, und das führt zu Komplikationen. Nur das Unbequeme geht verloren, das Bequeme nicht. Großmutter hat man ganz zu Unrecht vorgeworfen, daß sie nichts von ihrem Mann erzählt!«
Als ich das hörte, wußte ich zwar nicht, ob das, was meiner Schwiegermutter geschehen war, auch meiner Mutter bevorstand, aber offenbar verhalten sich alte Menschen mehr oder weniger gleich. Auch Mutter dürfte da keine Ausnahme machen. Ein Teil ihrer Vergangenheit war in ihr völlig erloschen. Ich konnte es mir nicht anders vorstellen, als daß sie Vater vergessen hatte. Auch ihr Interesse an den Kindern hatte im Vergleich zu früher stark abgenommen. Und was ihre Enkelkinder betraf, blieb unklar, ob sie diese wirklich liebte. So betrachtet, schien Mutter wie mit einem Gummi die lange Linie ihres Lebensweges von rückwärts her langsam zu tilgen.
Natürlich tat sie das nicht bewußt. Der Radiergummi war ihr Alter.

Und gegen das Altern gab es kein Mittel. Es löschte ihre Vergangenheit nach und nach aus.
Nach meinem Eindruck hatte Vater bis zu seinem Tod nichts aus seinem Leben gelöscht. Sein Leben glich einem ziemlich dicken und deutlichen Strich. Er verwandelte sich nicht in den zehnjährigen Jungen, der er einmal war, oder gar zum Baby zurück. Als Vater ergriff er meine, seines Sohnes, Hand und damit endete sein achtzig Jahre währender Erdenwandel. Freilich wußte keiner, ob nicht wenige Minuten vor seinem Tod das Alter, für niemand erkennbar, irgendeine Periode seines Lebens getilgt hat. Keiner konnte mit letzter Sicherheit behaupten, daß dem nicht so war.
Als ich meinen Schwestern gegenüber die Vermutung äußerte, Mutter sei wieder das zehnjährige Mädchen geworden, das sie einst war, da meinte Kuwako:
»Dann wird sie ja bald anfangen, am Daumen zu lutschen. Das wäre niedlich! – Aber wißt ihr, wofür sie sich am allermeisten interessiert? Für die Kondolenzgeschenke. Sobald sie hört, es sei jemand in der Heimat gestorben, redet sie, aufgeregt, nur davon, daß man ein Kondolenzgeschenk dorthin schicken müsse, und sie beruhigt sich nicht eher, bis sie davon überzeugt ist, daß das Geld abgesandt wurde. Sie besitzt noch von früher ein kleines Notizbuch, in dem genau verzeichnet steht, von wem sie soundsoviel erhalten hat. Aber die Zeiten haben sich doch gewandelt, und es gibt heutzutage Familien, denen man wirklich nichts zu schicken braucht, aber eben das begreift sie nicht. Zudem ist der Geldwert anders als früher. Auch das will nicht in ihren Kopf. Das hat doch alles mit ihrem zehnten Lebensjahr nichts zu tun!«
Als wir von Kuwako, die ja Mutter am besten kannte, dies

hörten, waren wir nicht mehr sicher, ob unsere Vermutung stimmte, Mutter habe sich jetzt in ihr zehntes Lebensjahr zurückentwickelt.

»Sobald sie von diesem Büchlein anfängt«, fuhr Kuwako fort, »ist Mutter eine alte, starrsinnige Frau. Für sie ist der Tod gleichbedeutend mit den Kondolenzgeschenken. Sobald jemand gestorben ist, scheint ihr erster Gedanke zu sein, das Kondolenzgeschenk zurückzugeben. Man könnte geradezu meinen, es handle sich um die Begleichung von Geldschulden.«

3

In diesem Frühjahr plante ich mit meiner Familie, einschließlich meiner Geschwister, soweit diese Zeit hatten, einen Ausflug zur Kirschblütenschau. Es sollte eine kleine Reise zur Feier unserer achtzig Jahre alt gewordenen Mutter sein. Wir wollten eine Nacht in dem Kawana-Hotel bleiben, dann nach Shimoda fahren, dort in dem neuen Hotel übernachten, mit dem Auto den Amagi-Paß überqueren und schließlich unser Heimatdorf besuchen. Dort wollten wir alle zu Vaters Grab gehen. Es stand bald fest, wer an diesem Ausflug teilnahm, nur Mutter erzählten wir davon nichts. Kuwako bat ausdrücklich darum, unser Vorhaben bis zum letzten Augenblick vor ihr geheimzuhalten, da sie Tag für Tag davon redete, immer wieder fragte, wann wir denn abführen und uns so allen auf die Nerven ginge. Daher fiel Mutter gegenüber bis zum Tag davor kein einziges Wort darüber.

Irgendwie hatte sie doch Anfang April in Erfahrung gebracht, daß sie mit uns auf die Izu-Halbinsel zur Kirschblütenschau fahren würde. Schon lange vor der Reise rief sie morgens und abends bei mir an. Kuwako, die einen Schönheits-Salon besaß, ging jeden Morgen dorthin und Mutter begann, sobald ihre Tochter aus dem Hause war, zu telefonieren. Ihre Hauptsorge bestand darin, ob wir denn auch wirklich ihre Heimat besuchten. Wer immer bei uns ans Telefon ging, bestätigte ihr dies ausdrücklich und sie erwierte »Oh, das ist ja herrlich!«, doch hatte sie das gleich wieder vergessen.

Unser Aufbruch gestaltete sich reichlich kompliziert, Kuwako und Mutter erschienen schon am Vorabend bei uns und übernachteten da. Wir wollten Mutter damit die Angst nehmen, wir könnten ohne sie abfahren.

In zwei Taxen fuhren wir ziemlich zeitig zum Tôkyô-Bahnhof, aber kaum waren wir um die Ecke gebogen, da rief Mutter aufgeregt, sie habe etwas Wichtiges vergessen, fügte aber gleich hinzu, sie wolle sich damit abfinden, es sei ja nichts mehr daran zu ändern. Auf unsere Frage, um was es sich handle, antwortete sie, es sei die Handtasche. Kuwako, die neben dem Fahrer saß, erklärte, sie habe die Handtasche, um sie ja nicht zu vergessen, Mutter im Flur eigens in die Hand gegeben. Ich ließ anhalten, alle erhoben sich und suchten an und unter ihren Sitzen, aber die Tasche kam nicht zum Vorschein. Daraufhin fuhren wir noch einmal zurück. Mutters Handtasche stand mit sorgfältig gefalteten Taschentüchern und Papier darauf im Flur an der Seite.

Am Tôkyô-Bahnhof warteten bereits mein Bruder, seine Frau und ihre beiden Kinder. Kuwakos ältere Schwester und ihr Mann konnten aus terminlichen Gründen nicht mitfahren, doch sollten sich ihre Tochter, die zur Oberschule ging, und der ältere Sohn, der im letzten Jahr die

Universität absolviert hatte und nun in einer Versicherungsfirma angestellt war, sich uns hier anschließen. Daß diese beiden Enkelkinder am Bahnhof nirgendwo zu sehen waren, bereitete Mutter schwere Sorgen. Als ich unsere Taschen dem Gepäckträger übergab, spähte sie unruhig nach allen Seiten, und wenn hin und wieder Gestalten auftauchten, die wie ihre Enkel aussahen, strebte sie gleich auf sie zu. Ich trug meinen beiden Söhnen auf, Mutter im Auge zu behalten. Ihr Gesicht sah, als die Enkel noch immer nicht erschienen, immer besorgter aus.
»Sei ohne Sorge, der Zug geht ja erst in einer halben Stunde«, beruhigte sie unser Zweitältester, doch dann rief er selber aufgeregt, wo denn nun Mutters Handtasche sei. Alle wandten sich nach ihm um, und auch Mutter blickte erschrocken drein. »Ich habe sie doch«, rief meine jüngste Tochter, und daraufhin schalt sie mein ältester Sohn, das hätte sie doch gleich sagen sollen, damit sich niemand beunruhige. »Schon gut, schon gut«, sagte Mutter, »ich werde sie an mich nehmen!« Doch jemand meinte, das sei mit Sicherheit nicht die beste Lösung.
Inzwischen waren auch die beiden Enkelkinder da, und die ganze Gesellschaft bewegte sich zum Bahnsteig hin. Mutter blieb ab und zu stehen, verursachte mit dem Ausruf, irgendwer sei plötzlich verschwunden, neue Aufregung, wurde von meinen Söhnen getadelt und zeigte wie immer, wenn dies ihre Enkel taten, eine zugleich verlegene wie lachende Miene.
Endlich stiegen wir in den Zug nach Itô, und als wir abfuhren, wurde auch Mutter, die sich bis dahin ständig unnötige Sorgen gemacht hatte, wieder ruhig. Sie saß aufrecht, auf den Fersen, die Hände auf den Knien und sah zum Fenster hinaus. Fest und aufmerksam, als entspreche

sie damit einer Etikette im Zug, betrachtete sie die an ihr vorüberhuschende Landschaft. Sie sah, aus einiger Entfernung beobachtet, anders als bisher aus. Es war ein von eigenem Leben erfülltes Gesicht. Sie wirkte wie eine alte Frau, die allein, ohne Begleitung, reiste.

Im Kawana-Hotel hatten wir einige Zimmer zum Meer, ohne daß dieses freilich zu sehen war, dafür mit herrlichen Blick auf den Garten und seinen ausgedehnten Rasen. Wir hatten es günstig getroffen. Gerade in diesen Tagen standen die Kirschbäume in voller Blüte, und so war unsere Reise ein ganzer Erfolg. Da und dort waren wie Farbkleckse einige Gruppen von Kirschbäumen zu erkennen, die steif und bewegungslos wie künstliche Blumen aussahen. Das Meer war, wie gesagt, nicht zu erkennen, doch brachte der Wind das Rauschen der Wellen an unser Ohr.

Bis zum Abendessen gingen wir, in verschiedene Gruppen geteilt, im Garten spazieren. Vielleicht war Mutter nicht recht überzeugt, daß wir hier auf der Izu-Halbinsel waren, denn sobald sie etwas sagte, schien sie leicht unzufrieden. »Es ist doch schön hier, meinst du nicht auch?« fragten die Mädchen, aber Mutter sah aus, als wollte sie sagen, es fällt mir nicht ein, euch zuzustimmen, mögt ihr noch so viel davon reden. wie schön es hier ist. Ihr Gesicht verriet eine gewisse Opposition wie bei schmollenden Kindern. Das zehnjährige Mädchen und die achtzigjährige Frau waren sich hierin gleich.

Ab sieben Uhr saßen wir in einer Ecke des Speisesaals, wo wir uns einen Tisch hatten reservieren lassen, Erwachsene und Kinder nahmen nach Belieben Platz, Mutter saß in der Mitte. Vielleicht weil sie müde war, nahm sie nur die Suppe zu sich, die anderen Speisen rührte sie kaum an. Sie sprach auch nicht viel, aber trug gleichwohl ein Lächeln zur

Schau. Es schien sie zu befriedigen, daß sich ihretwegen so viele Menschen eingefunden hatten. Dies entsprach ihrem Wesen, das sich ja von dem meines Vaters stark unterschied.

Nach dem Abendessen zogen sich alle kurz auf die Zimmer zurück, verließen es aber bald wieder. Mein Bruder und ich, die wir in einem Raume untergebracht waren, unterhielten uns, waren wir doch nach langer Zeit wieder allein miteinander. Tagsüber kam ständig jemand herein, doch nun blieben wir ungestört. In den beiden Zimmern nebenan war es ruhig.

Mein Bruder, der in den Garten hinunterblickte, bemerkte zu mir, daß sich jetzt wohl alle Hotelgäste im Garten zusammengefunden hatten, um gemeinsam die Kirschblüten im Laternenlicht zu bewundern. Daraufhin stellte auch ich mich ans Fenster und schaute hinaus. Ich sah mehrere Gruppen von Frauen und Kindern, die über den von Lampen erleuchteten Rasen gingen. In den Kirschbäumen dicht beim Hotel waren verschiedene Lampions aufgehängt, das Ganze wirkte wie eine Theaterkulisse. Doch die Kirschbäume am Ende des Rasens waren in Dunkelheit gehüllt. Davon, daß einige Kirschbäume dort am allerschönsten seien, war während des Abendessens die Rede gewesen. Offenbar befanden sich die Frauen und Kinder unserer Familien auf dem Weg dorthin.

Kurz darauf begab sich mein Bruder zur Rezeption hinunter. Da seine Frau früher als die anderen, schon am nächsten Morgen, nach Tôkyô zurückfahren wollte, besorgte er dort wohl eine Karte für sie. Allein gelassen, vernahm ich plötzlich aus dem einen Nachbarzimmer ein feines Geräusch. Eigentlich sollte sich dort niemand aufhalten, doch dann fiel mir ein, daß Mutter vielleicht gar nicht in den

Garten gegangen war. Ich hatte vom Fenster aus vorhin ihre Gestalt auch nirgendwo entdeckt.
Sofort lief ich auf den Korridor hinaus und drückte auf den Türgriff des Zimmers, in dem Kuwako und Mutter untergebracht waren. Die Türe öffnete sich leicht. Mutter saß auf ihrem, vom Fenster ziemlich weit entfernten Bett in der gleichen aufrechten Haltung wie am Tag in der Eisenbahn, also auf den Fersen, ihre Hände lagen auf den Knien.
»Vorhin war Shuchan da, um mich in den Garten mitzunehmen, aber ich wollte mich lieber etwas ausruhen!«
Es klang, als hätte sie ein schlechtes Gewissen, im Zimmer geblieben zu sein. Mit Shuchan meinte sie meinen ältesten Sohn. Ich wollte Mutter ein bißchen Gesellschaft leisten und setzte mich auf einen Stuhl neben dem Fenster, doch da fiel mein Blick auf ihre Handtasche, die gleich vor mir auf dem Tisch lag. Ich griff danach und schaute hinein. Sie enthielt nichts als ein angeschmutztes kleines Notizbuch. Als ich zu ihr sagte, ihre Handtasche sei ja leer, antwortete sie, das sei unmöglich, vielleicht habe Kuwako den Inhalt in ihre eigene Tasche getan. Und sie wollte, wie darüber verstimmt, von ihrem Bett heruntersteigen. Als ich sie zurückhielt, setzte sie sich wieder hin.
Ich holte aus der Handtasche das kleine Notizbuch heraus und blätterte darin. Es enthielt Eintragungen über die Kondolenzgeschenke. In Vaters Handschrift waren verschiedene Namen und daneben die jeweils erhaltene Geldsumme eingetragen. Auf der letzten Seite stand ein Datum aus dem Jahre 1930. Mir war zumute, als hätte ich an unerwartetem Ort etwas höchst Unerwartetes gefunden und blickte unwillkürlich Mutter an. Auf meine Frage, warum sie dieses Büchlein mitgenommen habe, erwiderte sie:

»War das in meiner Handtasche? Ich habe es wohl ganz unbewußt hineingetan.«
Beschämt wie ein Kind, das eines schlimmen Streichs wegen gescholten wird, wollte sie erneut von ihrem Bett aufstehen, um das kleine Notizbuch an sich zu nehmen. Da reichte ich ihr schnell die Handtasche mitsamt Inhalt.
»Ich verstehe das nicht. Ob es vielleicht Kuwako hineingelegt hat?« meinte sie versonnen und neigte den Kopf zur Seite. Es war, als wollte sie sich verteidigen. Dies von Kuwako anzunehmen, war völlig unmöglich, so mußte es Mutter gewesen sein. Und es war auch höchst unwahrscheinlich, daß sie das Büchlein mitgenommen hatte, ohne zu wissen, was sie tat.
Dann kam mein Bruder herein. Es befänden sich sehr viele Gäste im Hotel, erzählte er, aber alle Zimmer seien um diese Stunde leer. Alle wären im Garten. Er setzte sich mir gegenüber.
»Was ist eigentlich für morgen vorgesehen?« fragte mich Mutter. »Wohin geht unsere Reise?« Dabei hielt sie ihre Handtasche hinter dem Rücken versteckt. Sie wollte es augenscheinlich vermeiden, daß in Gegenwart meines Bruders das Gespräch erneut auf dieses kleine Notizbuch käme. Ich erklärte ihr zum soundsovielten Male unser Programm und sagte ihr noch einmal, daß wir in der Heimat das Grab von Vater aufsuchen wollten, vielleicht sei es aber für sie zu anstrengend, den kleinen Hügel hinaufzusteigen. Da antwortete sie:
»Habt, bitte, Verständnis, wenn ich mir diesen Grabbesuch ersparen will. Auf dem Hügelweg rutschen einem die Füße geradezu weg. Außerdem möchte ich von dem Dienst bei Vater endlich befreit sein! Ich habe all die vielen Jahre alles mögliche für ihn getan. Nun ist es wohl genug!«

Sie strich dabei mit gesenktem Kopf ihr Bettuch glatt, und ihre Augen waren auf den Boden gerichtet. Sie hatte eine merkwürdige Art, Wort an Wort zu reihen und in diese die ganze Intensität ihres Gefühls hineinzulegen. Ich betrachtete sie erstaunt. Sie war, so dünkte mich, plötzlich aus einem zehnjährigen Mädchen wieder zu einer erwachsenen Frau geworden. Wie lange hatte sie schon nicht mehr von Vater gesprochen. Dann blickte sie auf und richtete ihre Augen nicht etwa auf uns, sondern auf einen bestimmten Punkt im Raum. Es sah aus, als wollte sie angestrengt über irgend etwas nachsinnen. Dann sagte sie unvermittelt: »Einmal bin ich, als es schneite, Vater abholen gegangen. Mit einer Nachbarin zusammen. Der Weg war stark gefroren!« Ihre Stimme und auch der Ausdruck in ihrem Gesicht verrieten, daß sie tief in ihre Erinnerungen hineingestiegen war. Sie hatte ursprünglich mit uns beiden sprechen wollen, doch es hörte sich wie ein Monolog an. Sie erinnerte sich offenbar an die Zeit, als sie mit Vater zusammenlebte und ihn irgendwann einmal abgeholt hatte. Sie hatten früher oft in Gegenden gewohnt, wo viel Schnee fiel. So etwa in Asahigawa, dem Sitz einer Division, eine kleine Stadt, in der sie mich geboren hatte, oder in Hirosaki, Vaters letztem Amtssitz, wo er dann auf seinen Wunsch hin pensioniert wurde. Auch in Kanazawa hatte sie zwei Jahre gelebt. Wenn Mutter nun davon sprach, sie habe Vater an einem Schneetag abgeholt, handelte es sich bestimmt um eine dieser im Norden gelegenen Städte, es blieb nur unklar, welche sie meinte.
Dann fuhr sie im gleichen Tone fort:
»Für Shûchan und die anderen habe ich Tag für Tag die Eßpäckchen zurechtgemacht. Es war furchtbar schwierig, die passenden Zutaten zu bekommen!«

Wir hörten ihr schweigend zu. Irgend etwas zwang uns dazu. Und dann fuhr sie weiter fort:
»Ich habe Vaters Stiefel so blank gerieben! Das war bei diesen langen Militärstiefeln nicht einfach!«
Mir waren, als schössen in irgendeinen Teil ihres Kopfes so etwas wie Röntgenstrahlen. Scharfe, glänzende Pfeile durchdrangen ihr Gehirn. Diese Erinnerungen besaßen außerordentliche Frische und Klarheit. Im allgemeinen erinnerte sich Mutter nicht bewußt. Erinnern hieß bei ihr meist, daß etwas von selbst, spontan, als Erinnerung an die Oberfläche trat. Doch jetzt war das anders. Nun zog sie Fragmente ihrer kummervollen, mühebeladenen Erfahrungen mit Vater hervor. In der Art, wie sie das erzählte, spürte man einen grollenden Unterton. Als sie zu Ende war, bemerkte mein Bruder:
»Mutter, damals in Hirosaki sind wir doch alle einmal zur Burg gegangen, um die Kirschblüten zu bewundern, weißt du noch?«
Er hatte gespürt, daß sie sich nur an Mühe und Kummer in ihrem Leben mit Vater erinnerte und wünschte nun, sie möge sich hellerer, fröhlicherer Dinge entsinnen. Aber Mutter ging nicht darauf ein und meinte nur:
»Na ja, das kam wohl auch mal vor.«
Dabei sah sie uns an. Aus ihrem Gesicht war die Anspannung verschwunden, mit der sie eben so angestrengt ein paar Erinnerungen dem Abgrund des Vergessens entrissen hatte.
»Und im Garten des Garnisonslazaretts wurde ein Fest gefeiert?« fragte mein Bruder wieder. Doch ihr Gesicht blieb unbewegt.
»Da sind auch die Familien der Offiziere eingeladen worden und es ging fröhlich zu!«

»So?«
»Und du hast den zweiten Hauptgewinn gezogen!«
»Nein. Davon weiß ich nichts.«
Sie schüttelte heftig den Kopf. Sie konnte sich augenscheinlich an überhaupt nichts mehr erinnern.
»Und weißt da das noch . . .?«
Mein Bruder geriet langsam in Erregung.
Mutter fand es schließlich lästig, auf seine Fragen einzugehen und erklärte, ein wenig beschämt, sie wisse von all dem nichts mehr. Sie wolle nun schlafen. Und sie legte sich aufs Bett.
Daraufhin verließen wir ihr Zimmer. Mein Bruder schlug vor, ein wenig in den Garten zu gehen und ich war einverstanden. Als wir vom Hotel aus in eine Ecke des weitläufigen Gartens gelangten, sahen wir, in kleine Gruppen verstreut, viele Leute, die wohl alle im Hotel übernachteten. Auch junge Paare waren dabei. Unsere Familie konnte ich allerdings nirgendwo entdecken. Auf dem Rasen leuchteten Lampen, und die Gestalten der Menschen wirkten klein und irgendwie steif und starr.
Die Nachtluft war weder heiß noch kalt, in der leichten Brise, die uns ins Gesicht wehte, roch es nach Meer. Wir traten in das helle Lampenlicht und gingen schließlich über den Rasen zu einer Kirschbaumallee, die sich auf der rechten Seite des Gartens in einiger Entfernung befand. Leicht erregt sagte mein Bruder, daß unsere Mutter alles Angenehme in ihrem Leben vergessen und nur das Mühsame und Schmerzliche behalten habe. Bei alten Menschen scheine das wohl so zu sein. Seit wir Mutters Zimmer verlassen hatten, hing er offenbar diesem Gedanken nach.
»Es ist«, sagte er schließlich, »wie bei den Pfeilern in alten Tempeln. Das weiche Holz sinkt im Lauf der Zeiten

zusammen, und nur die harten Maserungen bleiben unverändert. Hier ist es ähnlich. Die angenehmen Erinnerungen sind erloschen, nur die schmerzlichen sind geblieben.«

Ja, so konnte man es betrachten. Was Mutter in ihren seltenen lichten Momenten aus dem Abgrund ihrer Erinnerungen hervorzog, war die Mühsal, an einem kalten Schneetag Vater abzuholen, die Last, Tag für Tag, für ihn und die Kinder die Eßpäckchen zusammenzustellen und die lästige Arbeit, hohe Militärstiefel blank zu reiben. Diese wenig angenehmen Erinnerungen brachte sie zur Begründung ihrer Unlust, Vaters Grab aufzusuchen, vor.

Aber ich sah das anders. Auch ich hatte, nachdem wir ihr Zimmer verlassen hatten, ständig über Mutter nachgedacht.

Sie hatte ihre glücklichen wie ihre schmerzlichen Erinnerungen alle verloren. Sie wußte nicht mehr, daß sie von Vater geliebt worden war und sie auch ihn geliebt hatte. Sie wußte nicht mehr, wie Vater sich ihr gegenüber zwar oft herzlos erwiesen hatte, aber auch sie nicht selten kalt zu ihm war. Die Leih- und Borg-Beziehungen zwischen ihnen beiden waren auf diese Weise fein säuberlich ausgeglichen worden. Aber vielleicht mußte man es gar nicht unangenehme Mühsal nennen, wenn sie Vater an einem klirrenden Schneetag abgeholt, seine zu hohen Militärstiefel säuberlich poliert und für ihn und die Kinder sorgsam Eßpäckchen zubereitet hatte. Bestimmt hatte sie das damals, als sie noch jünger war, nicht als lästige Pflicht empfunden. Erst jetzt im Alter war ihr, als lastete das alles schwer auf den Schultern, als hätte sich im Lauf vieler Jahre dicker schmutziger Staub darauf gehäuft. Vielleicht empfand Mutter die Schwere dieses Staubes, der sich während des Lebens Tag um Tag auf ihren Schultern sammelte, ohne eigentlich zu fallen, erst in ihrem Alter?

Ich wollte diese Überlegungen nicht sofort meinem Bruder darlegen. Wir waren inzwischen bei der Baumgruppe angelangt, die unser Ziel gewesen war. Die zahllosen Bündel aus kleinen Blüten spannten sich wie ein Schirm über unserem Kopf. Der starke Lichtschein des Hotels drang nicht bis hierher. In unserer Nähe befanden sich nur wenige Laternen. Eine leichte Dunkelheit umhüllte die Blüten, die so eine violette Färbung erhielten. In diesem Augenblick durchzuckte mich ein Gedanke derart heftig, als wollte er alle meine bisherigen Erwägungen zur Seite stoßen. Vielleicht legte sich dieser schwere Staub nur auf die Schultern der Ehefrau und hat während eines langen gemeinsamen Lebens weder mit Haß noch mit Liebe zu tun, es war etwas, was der Ehemann seiner Frau gibt. So häuft sich auf den Schultern der Frau etwas wie Groll, der eigentlich gar kein Groll ist. Der Ehemann ist dann derjenige, der »Leid« zufügt, die Ehefrau ist diejenige, die »Leid« empfängt.

Auf Vorschlag meines Bruders verließen wir, während ich die in mir aufsteigenden Gedanken zu verscheuchen suchte, die Kirschblüten und kehrten in unser Hotel zurück. Alle Räume des in der Ferne schimmernden Hotels waren erleuchtet. Und in einem dieser Zimmer befand sich Mutter. Sie hatte sich, als wir sie verließen, aufs Bett gelegt, aber vermutlich saß sie jetzt in gerader Haltung, auf den Fersen. Es war letzten Endes nicht erkennbar, wie es in ihrem Herzen aussah. Sicher aber saß sie auf dem Bett. Ohne daß mein Bruder davon sprach, war das uns, ihren Kindern, klar.

Der Glanz des Mondes
(1969)

I

Als Mutter achtzig wurde, kam mir der Gedanke, etwas über sie zu schreiben, und ich schilderte sie schließlich unter dem Titel »Unter den Blüten« – in einer literarischen Form, die weder Novelle noch Essay genannt werden kann. Seitdem sind unversehens fünf Jahre vergangen, und sie ist jetzt fünfundachtzig Jahre alt. Mein Vater, der mit achtzig starb, hat ein hohes Alter erreicht, aber Mutter übertrifft ihn jetzt um fünf Jahre und ist, da Vater 1958 starb, schon zehn Jahre lang Witwe.

Eigentlich müßte sie mit fünfundachtzig älter wirken als mit achtzig, doch ist das keineswegs der Fall. Ihre Gestalt macht zwar einen kleineren Eindruck, die Augen sehen etwas schlechter und sie hört weniger gut, aber im übrigen haben ihre Körperkräfte nicht nachgelassen. Sie sieht blühend aus, und wenn sie lacht, erscheint sie sogar etwas jünger. Ihr Gesicht hat nichts von der üblichen Häßlichkeit des Alters, es drückt eher etwas Heiteres, keineswegs Boshaftigkeit aus. Sieht man sie zu den in der Nähe wohnenden Verwandten trippeln, könnte man glauben, daß sie es vergessen hat, älter zu werden. Ihre Schultern sind nicht steif, und sie erkältet sich selten. Von ihren Backenzähnen fehlen zwar einige, doch sie besitzt nur zwei künstliche Zähne, und das ist wohl die einzige Veränderung in den letzten Jahren. Mit einem Gebiß wird sie sich kaum mehr herumärgern müssen.

Keines ihrer vier Kinder darf wohl damit rechnen, später einmal wie sie ohne Brille die kleineren Schriftzeichen in der Zeitung lesen zu können. Und wenn wir uns darüber unterhalten, wie gesund und kräftig sie noch immer ist, schwingt von vornherein ein Seufzen mit.

»Ob sie wohl je die Duplay'sche Krankheit hatte«, fragte Kuwako einmal, die, allerdings etwas früh, solche Erfahrungen an sich selbst zu machen beginnt, aber keiner von uns wußte darauf zu antworten. Wer behauptete, jede Frau würde Ende Vierzig an den Schultern steif, wäre hier verblüfft. Diese Zeit, in der man Mutter dies hätte ansehen können, fiel allerdings in die Jahre, als Vater bereits pensioniert war, die Eltern sich in ihr Heimatdorf auf der Izu-Halbinsel zurückgezogen hatten und nur Vater hätte darüber berichten können. Wir Kinder wohnten ja, von den Eltern getrennt, in der Stadt, doch nun war Vater tot. Von der Zeit, wo für Mutter das hohe Alter einsetzte, wissen wir nichts, und es ist ja meistens so, daß Kinder im allgemeinen über ihre Eltern nichts sagen können.

Mutter war schon immer von kleinem Wuchs, aber seit Vaters Tod ist sie sichtbar abgemagert und noch etwas kleiner geworden, so daß man hätte zweifeln können, ob es noch ein menschlicher Körper war. Umarmte man Mutter, hatte man das Gefühl, daß sie nicht mehr wog als ein paar Knochen. Sah man sie irgendwo stehen oder sitzen, dachte man an die Schwerelosigkeit trockenen Laubs. Ich schrieb eben, ihr Körper sei kleiner geworden, doch muß ich den Eindruck bestürzender Hinfälligkeit hinzufügen. Es war, als sei dieser Körper sozusagen an seinem Endpunkt angelangt.

Ich habe Mutter vor zwei Jahren einmal im Traum gesehen. Wo es war, weiß ich nicht. Der Ort sah wie die Straße vor unserem Haus in der Heimat aus. Mutter rief laut, es solle doch irgendjemand schnell kommen und ihr helfen. Mit beiden Händen um sich fuchtelnd, wehrte sie sich verzweifelt dagegen, vom Wind fortgeweht zu werden. Nach diesem Traum fiel mir auf, daß ihre Bewegungen merkwürdig leicht und schwebend geworden waren, so daß Gefahr bestand, von einem Sturmwind irgendwohin getrieben zu werden. Seitdem habe ich das Gefühl, der allzu leicht gewordene Körper meiner Mutter sei hinfällig, doch als ich dies einmal beiläufig Shigeko gegenüber erwähnte, erwiderte diese:

»Wie einfach wäre es für mich, wenn Mutter nur eben hinfällig wäre, wie du sagst! Lebe du doch nur eine Woche, nein, nur drei Tage mit ihr zusammen, dann vergeht es dir, von Hinfälligkeit zu reden. Ich denke ernsthaft darüber nach, was ich für sie tun könnte. Vor lauter Traurigkeit möchte ich am liebsten mit ihr sterben.«

Wir schwiegen betroffen. Es tat mir leid, so unbedacht, wie ein verantwortungsloser Dritter geredet zu haben und sah mich genötigt, das Gesprächsthema zu wechseln, um meine Schwester nicht noch mehr aufzubringen. Shigeko hat es auf sich genommen, die alternde Mutter zu betreuen. Da es ihre leibliche Mutter ist, mag dies nur zu natürlich erscheinen, und doch hat sie das schwerste Los gezogen, wenn sie als einzige von uns Geschwistern Tag für Tag mit Mutter auskommen muß.

Bis vor wenigen Jahren war allerdings Kuwako in ähnlicher Lage. Die größte Veränderung in Mutters Alter war, daß sie von Tôkyô, wo Kuwako wohnte, zu Shigeko in das Heimathaus auf Izu umsiedelte. Indem sie von der jüngeren zur älteren Tochter zog, änderte sich der Schauplatz ihres Lebens entscheidend.

Eigentlich hätte ich als der Älteste oder mein Bruder Mutter aufnehmen müssen, aber es war ihr lieber, bei ihren Töchtern als im Hause ihrer Söhne zu wohnen, wo es eine Schwiegertochter gab. Obgleich sie bisher auf niemand Rücksicht hatte nehmen müssen, erklärte sie, sie möchte nun, da sie alt sei, sich nicht mehr beengt und unfrei fühlen, wie dies im Hause ihrer Söhne unvermeidlich war. Das klang für jedermann ein wenig boshaft und starrsinnig.

Vier Jahre hat Kuwako mit Mutter zusammengelebt. Mutters Alterserscheinungen zeigten sich zwei, drei Jahre, nachdem sie nach Tôkyô gezogen war, also seit ihrem 78. und 79. Lebensjahr, ziemlich ausgeprägt. Es war dies aber nichts Alarmierendes, doch ihre Temperamentsausbrüche wurden immer heftiger, so daß niemand darauf kam, daß ein Teil ihres Gehirns schon beschädigt war. Erste Anzeichen waren bereits kurz vor und nach Vaters Tod festzustellen.

Die bedenkliche Entwicklung von Mutters Zustand fiel uns zum ersten Male auf, als sie das, was sie eben gesagt hatte, auf der Stelle vergaß und immer erneut wiederholte. Und wir wußten auch, daß wir auf keinerlei Einsicht ihrerseits hoffen konnten. Es war zwecklos, ihr etwa entgegenzuhalten: »Ach, Mutter, das hast du doch eben mehrere Male hintereinander schon gesagt!«

Sie war fest überzeugt, daß das nicht stimmen konnte, und war sie bei klarem Verstande, setzte sie bestenfalls eine zweifelnde Miene auf. Da sie das, was wir ihr sagten, nur für einen Augenblick aufnahm und sofort wieder vergaß, berührten unsere Worte ihren Geist nur flüchtig und ließen in ihrem Herzen keinerlei Spuren zurück. Sie wiederholte nur ständig die gleichen Worte. Es war, als drehte sich eine gesprungene Schallplatte, die unaufhörlich dieselben Worte ertönen ließ. Zunächst glaubten wir, es handle sich um puren Eigensinn unserer Mutter, aber dann begriffen wir. Nur was ihr Herz ansprach, ritzte sich in diese Platte, und dann drehte sich diese Scheibe mechanisch immer weiter. Was und aus welchem Grunde dies auf der Platte eingeritzt war, verstanden wir damals nicht. Gelegentlich geschah dies nur in bestimmten Zeitabständen, dann und wann aber wiederholte sie dieselben Worte ganze Tage hindurch und unzählige Male. Aus irgendeinem Grunde hatte sie aber dann das, was auf der Platte stand, völlig vergessen. Das war nicht anders zu erklären, als daß dies auf der Platte gelöscht worden war. Manchmal war es schon nach wenigen Stunden verschwunden, hin und wieder dauerte das zehn, ja zwanzig Tage.

Bei dem, was Mutter auf diese Weise immerfort wiederholte, handelte es sich um Dinge, die sich infolge eines deutlich erkennbaren Ereignisses neu in diese Platte ritzte sowie um alte Geschichten, die sich schon seit Jahren darauf befanden. Unter den vielen Erinnerungen aus ihrer Jugend besaßen nur wenige eine solche, für niemanden von uns erkennbare Eigenart, doch sie waren jedenfalls so tief eingeritzt, daß sie keinesfalls gelöscht werden konnten. Sie warteten gewissermaßen geduldig auf ihre Zeit und traten dann in einem gar nicht so überraschenden Augenblick hervor. Wenn Mutter so etwas erzählte, gewann man den Eindruck, als würde sie sich ganz plötzlich entsinnen und sie mit in die Ferne gerichteten Augen aus dem schon recht dünn gewordenen Erinnerungsgeflecht hervorholen. Es handelte sich in diesem Fall immer um eine besonders starke und lebendige Empfindung, und Mutter war davon überzeugt, daß sie sich dieser Geschichte zum ersten Mal entsann. Wer solche Geschichten immer wieder zu hören bekam, wurde ihrer überdrüssig, wer sie aber zum ersten Male vernahm, fand nichts Wunderliches dabei. Erst wenn ihm diese Geschichten nach wenigen Minuten als etwas ganz Neues aufgetischt wurden, bemerkte er, daß Mutters Geist nicht mehr ganz intakt war.

Empfing Mutter Besuch, fiel diesem zunächst nichts Absonderliches auf, wenn er nur kurz blieb. Sie führte die Unterhaltung völlig normal und sie redete nichts Ungewöhnliches. Hier erwies sich ihr früh erworbenes gesellschaftliches Geschick. Entweder stimmte sie ihrem Gesprächspartner mit interessierter Miene zu oder sie erzählte auf eine so persönliche und einnehmende Art, daß sich der Besuch ihr menschlich nahe fühlte. Nur wenn sie lange redete, konnte keinem entgehen, wie senil sie schon war. Ihre eigenen Worte und auch die ihres Partners besaßen nur ein wenige Augenblicke währendes Leben. Gleich darauf hatte sie alles vergessen.

Es war nur allzu verständlich, daß Kuwako, die mit Mutter zusammenlebte, hin und wieder ihrer schmerzlichen Bedrängnis Ausdruck gab. Jedesmal wenn sie zu uns kam, seufzte sie:

»Sie wäre eine so gute und liebe Mutter, wenn sie nur nicht ständig das gleiche wiederholte! Antworte ich ihr, muß ich immer die gleiche Antwort geben. Antworte ich nicht, wird sie zornig und glaubt, ich wolle mich über sie lustig machen. Was in ihrem Geist zerstört und was noch heil ist, vermischt sich miteinander. Oft ist sie in ihren Bemerkungen so schrecklich boshaft, daß man sich nur wundern kann!«

Kuwako wünschte sich sehnlichst, irgendwann einmal auch nur einen Tag nicht mit ihr verbringen zu müssen, und ich konnte ihr das nachfühlen.

Hin und wieder wurde Mutter zu uns geschickt, damit sich Kuwako ein wenig erholen konnte. Da ohne Angabe eines zwingenden Grundes Mutter aber nicht bereit gewesen wäre, zu mir zu kommen, übernahm es mein Bruder, sie zu überreden. Entschloß sie sich dann, erwies sie sich unerwartet verständnisvoll. Sie brachte einen Koffer mit Kleidung mit, um eine Woche oder vierzehn Tage zu bleiben, aber kaum war sie bei uns, pflegte sie davon zu reden, bald zurückkehren zu wollen. Es machte sie unruhig, in einem ungewohnten Raum zu schlafen, sie sorgte sich Kuwakos wegen und bereits nach einer Nacht fühlte sie sich leicht gereizt. Dennoch schien sie sich Zurückhaltung aufzuerlegen, aber nach ein paar weiteren Nächten waren ihre Gedanken so voller Sehnsucht bei Kuwako, das sie mir leid tat. Während sie bei uns wohnte, ging sie oft in den Garten und jätete Unkraut, sie räumte die Zimmer auf oder brachte für meine Gäste manchmal Tee. Sobald sie entgegen ihrer Veranlagung, sich möglichst viel zu bewegen, einmal stillhielt, war sie unzufrieden. Wo auch immer sie gerade war, sie wollte, wenn an der Haustür geklingelt wurde oder das Telefon läutete, sofort hineilen, wurde aber von uns daran gehindert. Manchmal gelang es ihr trotzdem, nach dem Telefonhörer zu greifen, und wir hörten sie sehr liebenswürdig hineinsprechen, doch kaum hatte sie aufgelegt, war ihr alles entfallen, und sie sah verlegen drein. Da vormittags ihr Geist ausgeruht war, behielt sie das Gespräch verhältnismäßig gut, doch bei Telefonaten am Nachmittag war es fast hoffnungslos.

Wenn Mutter bei uns in Tôkyô war, versammelten sich gegen Abend ihre Enkelkinder um sie. Mir und meiner Frau gegenüber war sie ein wenig befangen, aber von ihren Enkelkindern umringt zu werden, bereitete ihr Freude. Sah man ihnen so zu, erweckten alle einen sehr glücklichen Eindruck. Und die alte Schallplatte in Mutters Kopf mit der Geschichte von den beiden Brüdern Shumma und Takenori, von denen ich bereits in »Unter den Blüten«

berichtete, drehte sich unaufhörlich, sobald sie inmitten ihrer Enkelkinder saß. Mir und auch Kuwako gegenüber erwähnte sie nichts davon, doch ihren Enkelkindern erzählte sie diese Geschichte jeden Abend, ja sogar mehrere Male an einem Abend. Stets wollte sie als erste die Sprache daraufbringen, doch manchmal kamen ihr die Enkel zuvor oder sie verwechselten absichtlich die beiden Brüder. Ich verbot den Kindern, Mutter damit aufzuziehen, aber sie korrigierte sie nur oder stritt sich ein bißchen mit ihnen, im Grunde bereitete es ihr Vergnügen, und sie war den Kindern nicht böse, weil sie in ihren jungen Zuhörern eben nur Kinder sah. Die Enkel vermuteten in Shumma den einstigen Verlobten ihrer Großmutter, und irgendwann waren sie sogar davon überzeugt und schließlich erschien auch mir dies recht wahrscheinlich. Der ältere der beiden, Shumma, trug den gleichen Familiennamen wie ich, aber selbst wenn er kein Verlobter von Mutter gewesen war, wurde sie vielleicht in dem Glauben aufgezogen, daß sie ihn eines Tages heiraten würde. Und läßt man der Phantasie freien Lauf, so nahm nach Shummas Tod vielleicht sein jüngerer Bruder, Takenori, dessen Platz ein. Aber da auch er bald darauf starb, war die Vermutung nicht von der Hand zu weisen, daß unser Vater von dieser Familie als sein Nachfolger adoptiert worden war. So gesehen, sagte die gesprungene Platte viel über Mutter aus. Sobald sie von diesen hochbegabten jungen Leuten sprach, erschien uns ihr Gesicht verändert.

Über Vater verlor Mutter fast kein einziges Wort. Kurz nach seinem Tod sprach sie zwar, wie dies Witwen eben tun, ziemlich häufig von ihm, und es gab auch Dinge, die dies unvermeidbar machten, aber danach begann irgend etwas in ihrem Geist zu zerbrechen, und sie erwähnte ihn nicht mehr. Ich kann mir das nicht anders erklären, als damit, daß die Schallplatte, in die ihr Zusammenleben eingeritzt gewesen war, verloren ging oder eine solche Platte von Anfang an nicht aufgenommen wurde.

Noch etwas anderes bemerkten wir an Mutter, als sie in Tôkyô bei Kuwako wohnte. Sie begann ihr langes Dasein in gegenläufigem Sinn auszulöschen, also nacheinander die siebziger, sechziger, fünfziger Jahre ihres Lebens. Sie erzählte von diesen Jahren schließlich kaum noch. Nur vormittags, wenn ihr Geist ausgeruht war, erinnerte sie sich dieser verhältnismäßig kurz zurückliegenden Zeiten und erwähnte dieses und jenes daraus, aber nachmittags sprach sie nie davon, es waren diese Jahre in ihrem Kopf einfach nicht mehr vorhanden. Begannen wir unsererseits davon zu reden, äußerte sie höchstens: »Oh, war das wirklich so?« Dabei neigte sie den Kopf nachdenklich zur Seite, und man hatte den Eindruck, daß sie vielleicht erkannte, senil geworden zu sein. Aber das stimmte nicht. Vielmehr waren diese Ereignisse aus ihrem Gehirn spurlos erloschen oder waren gerade dabei zu erlöschen.

Auf diese Weise ließe es sich vielleicht erklären, daß sie nie mehr von Vater sprach und nur noch von ihrer Jugendzeit erzählte.

In »Unter den Blüten« habe ich Mutter aus dieser Zeit geschildert. Im Sommer ihres achtzigsten Lebensjahres verließ sie Tôkyô und kehrte in die Heimat zurück. Die Zeitungen berichteten ausführlich über die skandalös verschmutzte Luft in Tôkyô, und da in der Nähe von Kuwakos Haus der Autostrom immer stärker wurde, konnten wir unsere alte Mutter unmöglich länger in Tôkyô wohnen lassen. Da Shigekos Mann in der Heimat gerade einen Verwaltungsposten erhalten hatte und sie in unserem alten

Hause wohnten, war es naheliegend, Mutter dort unterzubringen. Kuwako, von der jahrelangen Pflege erschöpft, fühlte sich geradezu befreit und Shigeko fand es nur recht und billig, nun ihrerseits für den Lebensabend ihrer alten Mutter zu sorgen. Für diese war ein Leben in der Heimat, wo sie viele Bekannte hatte, natürlich viel angenehmer als in Tôkyô.

An dem Tage, den wir für Mutters Abreise vorgesehen hatten, regnete es stark. Mutter war schon am Vorabend zu uns gekommen, um von hier aus abzufahren. Wir versuchten sie zu überreden, die Reise wegen des heftigen Regenfalls wenigstens einen Tag zu verschieben, doch damit war sie nicht einverstanden. Gleichwohl schien sie sich um Kuwako und deren Haus, in dem sie bisher gewohnt hatte, Gedanken zu machen und fragte, bis sie in den Wagen stieg, Kuwako immer wieder besorgt, ob sie ihr Haus abgeschlossen habe. Kuwako schalt Mutter ungeduldig. Immer wenn jemand mit ihr schimpfte, war Mutter schüchtern wie ein Mädchen. Daß sie nicht wie sonst oft zornig wurde, lag wohl an der Freude, endlich in ihre Heimat zurückzukehren.

2

In Tôkyô hatte sie sich in letzter Zeit hin und wieder erkältet, sie litt unter Schwindelanfällen, mußte sich ein paar Tage zu Bett legen, und wir hatten den Eindruck, daß sich eben doch ihr hohes Alter auswirkte, aber kaum war sie in ihrer Heimat angelangt, war das alles vorbei. Es war fast nicht zu glauben, wie gesund sie aussah, und sie bewegte sich so aktiv, daß sie nicht einen Augenblick still

zu halten schien. Auch bei feierlichen Gelegenheiten zeigte sie sich gern und brachte uns oft damit in nicht geringe Schwierigkeiten. Wir gaben ihr zu verstehen, eine alte Frau von über achtzig Jahren sollte nicht so viel in der Öffentlichkeit auftreten, aber davon wollte sie nichts wissen. Erhielt sie ein Rundschreiben von einer Dorfeinheit, rannte sie damit sofort in die Nachbarhäuser. Nie ging sie langsam. Zweifellos veranlaßte sie dazu der Gedanke, daß hier eine wichtige Aufgabe zu erfüllen sei, aber der entscheidende Grund war wohl, daß es ihrem körperlichen Rhythmus besser entsprach, wenn sie mit kleinen, schnellen Schritten lief als wenn sie gemächlich einhertrottete. Sie fühlte sich zweifellos dabei wohler. Fragte man sie nachher, was denn in diesem Rundschreiben gestanden habe, hatte sie es vergessen und irgend jemand von uns mußte in eines der Nachbarhäuser laufen, um sich zu erkundigen. So war das doppelte Mühe.
Mutter war gesund und fast nie müde. Jedenfalls sah es für uns so aus. Tranken wir im Nebenzimmer Tee, setzte sie sich mit ihrer kleinen Gestalt zu uns, doch ihre Augen blickten unverwandt in den Garten hinaus. Sah sie dann etwa einen Hund in den Garten laufen, wollte sie gleich aufspringen und ebenso, wenn sie beobachtete, wie ein Blatt von irgendeinem Baum herabfiel. Sie konnte es einfach nicht über sich bringen, ruhig stillzusitzen. Unzählige Male ging sie tagsüber mit Harke und Schaufel in den Garten und erlaubte nicht, daß auch nur ein einziges Blatt auf dem Rasen lag. An kalten Wintertagen versuchten wir, Mutter davon abzuhalten, in den Garten hinauszugehen, doch konnten wir nicht den ganzen Tag auf sie aufpassen. Wenn dann ihre kleine Gestalt in einer Ecke des Gartens stand, wo sich das Moos durch die Eisnadeln gehoben

hatte, sah sie aus, als fröstelte sie, aber wohl weil sie abgehärtet war, erkältete sie sich nie.

In dem Jahr nach ihrer Rückkehr in die Heimat schien sich ihr Gedächtnis ein wenig erholt zu haben, aber vom nächsten Jahr an fiel sie in ihren früheren Zustand zurück, ja, es wurde noch schlimmer. Sie wiederholte die gleichen Dinge noch häufiger als früher. Kam ich zu ihr, fragte sie mich stets dasselbe, etwa ob mein Zug überfüllt gewesen sei oder Ähnliches. Das wiederholte sie ständig, und ich empfand es als irritierend und schmerzlich, daß sie außerstande war, ihre Gedanken auf irgend etwas anderes zu richten. Ob es in meinem Zugabteil beschwerlich gewesen sei, das war die Frage, die sie nach meiner Ankunft besonders interessierte. Da dies offenbar in ihre lädierte Schallplatte eingeritzt war, mußte es unweigerlich eine Zeitlang wiederholt werden. Wollte ich nach Tôkyô zurückkehren, war es kaum anders. Sobald sie erfuhr, ich würde abfahren, ritzte sich irgend etwas, was meine Abreise betraf, in ihre Platte ein, und das wiederholte sie so lange, bis ich mich verabschiedet hatte und vor dem Gartentor stand.

Aus diesem Grunde gaben wir ihr möglichst lange keinen Bescheid. So mußte sie glauben, ich führe unerwartet ab. Meine Besuche bei ihr wie meine Rückkehr nach Tôkyô stellten für sie unvorhersehbare Ereignisse dar.

Shigeko klagte uns Geschwistern jedesmal, wenn einer von uns erschien, ihr Leid ähnlich wie dies früher Kuwako in Tôkyô getan hatte.

Nachdem Shigeko zwei Jahre lang Mutter bei sich wohnen hatte, wirkte sie auf uns maßlos erschöpft, und es fiel uns auch auf, wie mager sie geworden war. Natürlich mochten auch die Wechseljahre an ihren gesundheitlichen Beschwerden schuld sein, aber vor allem belastete sie die immer schwierigere Sorge für Mutter. Diese lief den ganzen Tag hinter ihr her. Ging Shigeko in die Küche, folgte ihr unweigerlich auch Mutter, empfing Shigeko im Flur einen Gast, begab sich auch Mutter dorthin. Es war, wie wenn ein Kind sich immerzu an den Rockzipfel seiner Mutter hängt. Solange Mutter in Shigekos Nähe war, konnte Shigeko innerlich keine Ruhe finden. Sah Shigeko aber Mutter plötzlich nicht mehr, mußte sie überall umherlaufen und sie suchen. War Mutter im Hause nirgends auffindbar, eilte Shigeko zur Hintertür und dann nach vorn zum Flur. Das Grundstück war siebenhundert Tsubo groß, der Garten riesig. Das war Shigekos ständige Klage. Außer Sadayo, die Mutter auch bei Kuwako in Tôkyô geholfen hatte, kam noch eine im vorigen Jahr verwitwete Tante. Es war also Hilfe genug da. Aber die Atmosphäre ließ einen irgendwie in diesem Hause nicht zur Ruhe kommen, wer es betrat, fühlte sich bald bedrückt.

»Ach, Mutter«, seufzte Shigeko oft, »ich habe dich schon verstanden! X-mal habe ich das jetzt von dir gehört!«

Nun, bei Shigeko ließ sich Mutter das im allgemeinen schon gefallen, sobald aber Sadayo oder die Tante es versuchten, geriet sie in Zorn. Zwar verrauchte ihr Ärger schnell und sie hatte dann alles vergessen, doch vorübergehend war sie sehr wütend. Bei ihren eigenen Kindern fand sie das nicht so schlimm, doch von Dritten mochte sie es nicht hören. Sie rief dann in giftigem Ton etwa: »So jemand wie dich gibt es nicht noch einmal!« oder »Du bist scheußlich!« Solche extremen Worte gebrauchte sie unbekümmert und das beunruhigte uns. In diesen Augenblikken kam etwas zum Vorschein, was mit Senilität nichts zu tun hatte, es war die Tochter aus wohlhabendem Hause, die von Kindheit an ihren Willen hatte durchsetzen können. Das Gesicht meiner Mutter mit dem heftigen Temperament ihrer Jugend tauchte unverändert vor mir auf, wie ich es aus meiner Kindheit noch im Gedächtnis hatte. Solange Mutter nicht zornig oder sonstwie erregt war, sah sie, während sie die gleiche Geschichte unaufhörlich wiederholte, sehr sanft aus. Lachten die anderen, merkte sie es entweder nicht oder sie stimmte in ihr Lachen fröhlich mit ein. Sie wirkte dabei wie ein junges, unschuldiges Mädchen. Immer wenn ich Mutter besuchte, erkannte ich diese ihre beiden Gesichter.

In den zwei, drei Jahren nach ihrer Rückkehr in die Heimat löschte sie offenbar die siebziger, sechziger, fünfziger und auch vierziger Jahre radikal aus dem Gedächtnis. Man hatte das Gefühl, daß immer mehr von ihrer Vergangenheit verloren ging. An die Zeit, in der sie anfing zu altern sowie an ihre mittleren Jahre erinnerte sie sich niemals allein und sie erzählte auch nie davon. Versuchten wir unsererseits ihre Erinnerung an diese Zeit wachzurufen, war das meist vergebliche Mühe.

»Ah, so war das?« war dann ihre Reaktion, als hätte sie sich ein ganz klein wenig erinnert, aber in Wahrheit wußte sie nichts mehr davon. Sagte jemand von uns zu ihr:

»Das ist ja schlimm mit dir, Mutter!«, erwiderte sie manchmal lachend:

»Ja, vielleicht hast du recht. Ich bin wohl schon senil geworden!«, und damit verblüffte sie uns. Sie sagte zwar selbst, sie sei alt und kindisch geworden, aber das hieß nicht, daß sie das zugegeben oder selbst erkannt hätte. Vielmehr schien sie denjenigen, die ihr so peinlich zusetzten, damit bedeuten zu wollen: ›Wenn ich euch so antworte, seid ihr wohl zufrieden, wie? Na ja, ich will euch den Gefallen tun. Dann will ich immer so reden, wie ihr es euch wünscht.‹

Ein solch leiser Widerstand war aus ihren sanft klingenden Worten herauszuhören.
Mutter hatte mit ihrem Mann, einem Militärarzt, je ein paar Jahre in Tôkyô, Kanazawa, Hirosaki und Taihoku gelebt, aber das alles schien sie vergessen zu haben. Weil sie sich nicht daran erinnern konnte, bedeutete das praktisch, daß sie diese Jahre in ihrem Gedächtnis gelöscht hatte. Ganz selten sagte sie, während sie uns bei einer Unterhaltung über frühere Zeiten halb zuhörte:
»Ja, wenn ihr das so sagt, fällt mir vage etwas ein. Ich war also damals dort ... Aber wann war das eigentlich?«
In ihrem Gesicht war, für alle erkennbar, ein unschuldiges Erstaunen zu lesen. Sie drang offenbar für einen Augenblick in ihre Vergangenheit ein und zuckte dann, als blickte sie in einen Abgrund, unwillkürlich davor zurück. Sie machte ein geheimnisvolles Gesicht, senkte ihren Kopf ein wenig und sah aus, als dächte sie angestrengt über irgend etwas nach. Aber das dauerte nur sehr kurz und dann verschwand dieser Ausdruck aus ihrem Gesicht. Entweder war es allzu mühsam für sie, sich an Vergangenes zu erinnern oder es war Resignation, daß sie es doch nicht geschafft hatte.
So verlor Mutter ihre Vergangenheit von ihren siebzigern bis zu den vierziger Jahren, aber was da verschwand, wurde nicht etwa in schwarze Finsternis eingetaucht. Es schien eher von Nebel eingehüllt zu sein, wobei dieser Nebel einmal dick und einmal weniger dick war, und manchmal schimmerte durch die Nebellücken ein winziges Bruchstück jener verlorengegangenen Wirklichkeit. Der Unterschied zwischen der Situation unserer Mutter, wie sie in Tôkyô und wie sie nach ihrer Rückkehr in ihre Heimat war, entsprach vielleicht der wechselnden Dichte der nebli-

gen Umhüllung. Der Nebel, der Mutters Vergangenheit gleichsam begrub, wurde nunmehr immer dichter und breitete sich ständig mehr aus.
Wir Kinder interpretierten die Tatsache, daß Mutters Vergangenheit gleichsam ausgetilgt wurde, so, daß sie sich langsam ihrer Kindheit näherte. Der alternde Mensch kehrt, heißt es, allmählich in seine Kindheit zurück. Und tatsächlich machte Mutter auf uns diesen Eindruck.
Es war meine Frau, die zum ersten Mal davon sprach. Mutter wohnte damals noch in Tôkyô. Die Mutter meiner Frau starb mit vierundachtzig Jahren, aber war, anders als meine Mutter, erstaunlich lang bei klarem Verstand geblieben. Erst ein halbes Jahr vor ihrem Tode verlor sie schlagartig ihr Gedächtnis und kehrte gleichzeitig ungeheuer schnell in die Kindheit zurück. Sie rief mit fast schmeichelnd und bittend klingender Stimme den Namen ihrer älteren Schwester, von der sie aufgezogen worden war, und wenige Tage vor ihrem Tode spitzte sie die Lippen, als wollte sie saugen, sie steckte den Daumen in den Mund und begann daran zu lutschen.
»Letzten Endes ist es dasselbe«, meinte meine Frau. »Meine Mutter kehrte unheimlich rasch und plötzlich in ihre Kindheit zurück, bei deiner Mutter schreitet dieser Prozeß nur eben langsamer voran. Es dauert bei ihr vielleicht noch zwei Jahre, bis sie ein Baby ist.«
Ich hörte mir das etwas ungläubig an, doch nachdem Mutter in ihre Heimat zurückgekehrt war, sammelten wir Geschwister unwillkürlich ähnliche Geschehnisse aus unserer Umgebung. Dank Mutter mußten wir uns für alte Menschen interessieren, gleichgültig, um wen es sich dabei handelte.

Dann erzählten wir uns in unserem Heimathaus, was wir in Erfahrung gebracht hatten.
Mein Bruder berichtete, in einem Dorf bei Numazu habe eine achtundachtzigjährige Frau ein paar Jahre vor ihrem Tod mit dem Gummiball gespielt. Und er hielt es nicht für unmöglich, daß unsere Mutter bald mit Murmeln spielte. Kuwako berichtete, was sie in ihrem Schönheits-Salon gehört hatte. Eine über Achtzigjährige konnte es einige Zeit vor ihrem Tod nicht erwarten, daß Essenszeit war, sie drückte beide Hände auf die Augen und schluchzte. Solche Fälle kamen offenbar häufig vor, meist handelte es sich um alte Frauen, gelegentlich aber auch um alte Männer. Der Vater einer meiner Bekannten, der in einem Zeitschriftenverlag arbeitete, erzählte, sein achtzigjähriger Vater habe sich in ein kleines Kind verwandelt, plötzlich seinen Kimono in ein Furoshiki-Tuch gewickelt und Anstalten getroffen fortzugehen. Als seine Familie ihn dabei entdeckte und fragte, wohin er denn wolle, lautete seine Antwort, er gehe nach Hause zurück. Der alte Mann war in seiner Jugend adoptiert worden und wollte nun in sein Elternhaus im Nachbardorf zurück. Diese Geschichte hat irgendwie etwas Ernüchterndes und läßt einen über das Leben ein wenig anders als üblich denken.
»Diese Leute sind«, sagte Shigeko, »plötzlich wieder Kinder geworden, aber ich glaube, daß Mutter noch nicht das junge Mädchen geworden ist, das sie einmal war. Hin und wieder scheint sie dreißig Jahre alt zu sein. Sobald sie von Shumma erzählt, denkt man, sie sei zehn Jahre, doch meist ist sie dreißig, denn aus dieser Zeit berichtet sie besonders häufig.«
»Als Mutter in Tôkyô wohnte«, sagte Kuwako, »erzählte sie am meisten, was sie mit dreißig erlebt hat. Wenn sie das

auch jetzt noch tut, müßte man eigentlich annehmen, daß sie bei ihren dreißiger Jahren stehengeblieben ist. Es wird noch sehr lange dauern, bis sie ein Baby ist.«

Und dann unterhielten wir uns, wie es wohl wäre, wenn sie von ihrem dreißigsten wenigstens in ihr zwanzigstes Lebensjahr zurückging und dabei stehenblieb. Oder auch, daß es den jetzigen Zustand nicht gäbe, wenn sie sich bis in ihr fünfzehntes, sechzehntes Lebensjahr zurückentwickelt hätte.

Schließlich äußerte auch Akio, Shigekos Mann, der ja Tag für Tag mit seiner Schwiegermutter im selben Haus zubrachte, seine Meinung:

»Ich weiß nicht, bei welchem Alter Mutter stehenbleibt, aber es handelt sich ja um Veränderungen, die sich nicht von den Lebensjahren her kalkulieren lassen. Fest steht allein, daß sich Mutter außerordentlich verändert hat. Sie ist der Außenwelt gegenüber erschreckend gleichgültig geworden. Man kann natürlich nichts dagegen tun, daß sie die Menschen nicht mehr auseinanderhält, aber sie zeigt an niemandem, der uns als Gast besucht, irgendein Interesse. Das war früher anders. Sobald sie jetzt ein Mädchen sieht, fragt sie, gleichgültig um wen es sich handelt, ob sie schon verheiratet sei. Ist sie das, fragte sie bestimmt weiter, ob sie Kinder habe. Bei Frauen interessiert sie sich nur für die Heirat und das Kindergebären. Im übrigen ist ihr Interesse auf Kondolenzgeschenke, also auf den Tod, beschränkt. Sobald sie hört, jemand sei gestorben, holt sie das Büchlein hervor, in dem die bisher erhaltenen Kondolenzgeschenke notiert sind. Sie zeigt sich überhaupt nicht traurig, wenn jemand gestorben ist, ihr geht es nur um die dann fällig gewordenen Kondolenzgeschenke.«

Es war in der Tat so, wie Akio sagte. Mutter hatte schon in

ihrer Tôkyô-Zeit angefangen, sich eifrig mit der Rückzahlung der Kondolenzgeschenke zu beschäftigen. Neuerdings aber war das immer ausgeprägter geworden, das Ganze hatte fast geschäftlichen Charakter angenommen. Hörte Mutter, es sei jemand schwer erkrankt, stand es für sie sofort fest, daß dieser Mensch bald stirbt, sie zog ihr Büchlein über die Kondolenzgeschenke hervor, um festzustellen, was zurückzuzahlen ist. Da sie die Höhe der Summe aber gleich wieder vergißt, muß sie sich immer erneut vergewissern, und selbst falls sie die Summe genau im Kopf behält, ist doch der Geldwert von damals und heute verschieden, und weil sie nicht entsprechend umrechnen kann, ist es sinnlos, in dem Büchlein nachzuschlagen. Doch sie fühlt sich erleichtert, wenn sie das tut.
»Kondolenzgeschenke empfangen und die erhaltenen Summen wieder zurückgeben«, erklärte Akio weiter, »ist in unserer Leih- und Borg-Gesellschaft heute wohl von grundlegender Wichtigkeit. Irgendwie liegt zwar etwas Unheilvolles darin, doch ich finde es trotzdem in Ordnung. Die Menschen werden geboren, sie erzeugen und gebären Kinder und sterben schließlich. Daran ist nicht zu rütteln. Bringt man das Leben auf eine kurze Formel, so lautet sie so. Das hat nichts mit dem dreißigsten Lebensjahr zu tun und auch nichts damit, daß alte Leute wieder zu Kindern werden. Was ist das Leben denn schon. Was eigentlich?«
Als wir das hörten, fanden wir es schwer, darauf zu erwidern. Natürlich beurteilen Kinder die Mutter etwas milder, aber bei Akio, dem Schwiegersohn, hatte man das Gefühl, daß er das, was auf der Hand lag, in aller Klarheit erkannte. Er beobachtete kühl und präzise, wie sich eine alte, senil gewordene Frau verhielt. Seine Worte versetzten

mich in eine Stimmung, in der ich den Altersverfall meiner Mutter neu überdenken wollte. »Was ist das Leben denn schon? Was eigentlich?« hatte er gesagt. Nun stellte ich mir gleichfalls diese Frage. Wir betrachteten den Geist meiner Mutter gewissermaßen als einen Ort, an dem sich die gesprungene Schallplatte sinnlos immer weiter drehte, aber vielleicht gab es da irgendwo auch einen kleinen Ventilator, durch den die für Mutter unnötigen, fremden Elemente nach und nach ausgestoßen wurden. Dachte man so und sah man Mutter in einem solchen Licht, erschien ihr Gesicht tatsächlich etwas verändert. Es sah aus, als wollte sie sagen: ›Ich schwatze eben immer aufs neue, was für mich wichtig ist. Es steht mir doch frei, das beliebig oft zu wiederholen, oder nicht? Ihr redet immer davon, daß ich alles sofort vergesse, aber ich vergesse nur das, was für mich bedeutungslos ist! Gibt es denn etwas, was ich unbedingt behalten müßte? Ich bin mit eurem Vater nach Taihoku, nach Kanazawa, nach Hirosaki gezogen, aber so schön war das nicht für mich. Daher habe ich es vergessen. Ich habe auch euern Vater vergessen. Na ja, es gab hin und wieder natürlich auch glückliche Zeiten, da wir ja verheiratet waren. Aber Freude wie Leid sind nur wie Schaumblasen in dieser Welt. Nichts ist zu schade, um vergessen zu werden. Ihr braucht nicht so überlegen zu schreien, ich hätte schon wieder dies und dies vergessen! Ich weiß nicht, wie das bei Männern ist, für Frauen sind Heirat und Kindergebären jedenfalls die wichtigsten Ereignisse in ihrem Leben. Aus diesem Grunde frage ich Frauen nur danach. Es gibt ja sonst nichts so Bedeutendes. Die Kondolenzgeschenke erstatte ich natürlich pünktlich zurück. Es ist Geld, das ich erhielt, als uns Unglück traf. Trifft es nun andere, muß ich ihnen das Geld zurückgeben. Es wird dort gestorben und hier gestorben, und die Kondolenzgeschenke bekommt und gibt man. Auf lange Sicht gibt es da weder Verlust noch Gewinn, es bleibt alles gleich, aber wir haben nun einmal eine solche Sitte bei uns. Ich möchte nicht, daß mir nach meinem Tode, also in jener anderen Welt, vorgehalten wird, ich hätte die Kondolenzgeschenke nicht zurückerstattet.‹

Akios Hinweis brachte mich auf die verschiedensten Ideen. Shigeko aber blieb bei ihrer Auffassung, die sich deutlich von der ihres Mannes unterschied. Sie sagte noch:

»Dieses Büchlein habe ich jetzt in einem Schrank versteckt und zwar so, daß sie es kaum finden wird. Man könnte ja geradezu meinen, daß Mutter sobald sie alle bisher erhaltenen Kondolenzgeschenke zurückgezahlt hat, den letzten Atemzug tut. Bei allen, denen sie das Geld erstattet hat, machte sie einen Strich neben den Namen!«

3

Im vierten Jahr, nachdem Mutter zu Shigeko gezogen war, kam ihr jüngerer Bruder, Keiichi, aus Amerika zurück. Keiichi war für mich der einzige noch lebende Onkel. Er war Ende der Meiji-Zeit mit einundzwanzig Jahren nach Amerika gegangen, leitete vor dem Krieg in San Franzisko eine Kunsthandlung und ein Hotel. Keiichi hatte als Auswanderer also Erfolg, doch als der Krieg ausbrach, wurde er interniert. Nach Kriegsende gab er alle seine Rechte an der Kunsthandlung auf, siedelte nach New York um, wurde Geschäftsführer in einem von einem Europäer geführten Hotel und wollte nun – um mit seinen Worten zu sprechen – die ihm nach der Niederlage des Vaterlandes verbliebenen Lebensjahre in Ruhe verbringen.

Mutter hatte acht Geschwister gehabt. Sie war die älteste Schwester, Keiichi der älteste Bruder und außer Maki, der jüngsten Schwester, waren alle schon gestorben. Nur die zwei ältesten und das jüngste dieser Geschwister waren noch am Leben. Mit der Rückkehr meines Onkels Keiichi hatte auch ich zu tun. Sowohl er wie seine Frau Mitsue waren amerikanische Staatsbürger, besaßen keine Kinder und hätten ihr weiteres Leben in Amerika zubringen können, doch als ich bei meiner Amerikareise nach New York kam und die beiden in einem Vorort-Apartment besuchte, fragte mich Keiichi, ob er nicht den Rest seines Lebens, das ja sicher nicht mehr lange währte, in Japan verbringen oder besser in Amerika bleiben solle. Ich konnte ihm damals keinen zuverlässigen Rat geben.

Mein Onkel fühlte fast Sehnsucht nach Izu, wo er geboren war, aber er hatte, bereits siebzig Jahre alt, über ein halbes Jahrhundert in Amerika gelebt, und so erfüllte ihn die Vorstellung, für immer nach Japan zurückzukehren, mit Unruhe. Nach meinem Eindruck führte dieses Ehepaar in Amerika ein ziemlich einsames Dasein, und Keiichi dachte wohl, er könnte in Izu noch einigen Trost für seinen Lebensabend finden. Aber da war zunächst das Wohnungsproblem: kehrte er in seine japanische Heimat zurück, ergaben sich zweifellos manche Schwierigkeiten, die ihm in seinem amerikanischen Apartment erspart blieben. Außerdem stellte sich noch eine andere Frage: da sich mit seiner nicht allzu üppigen Pension sein Leben in Japan nicht leicht finanzieren ließ, wäre es unter solchen Umständen wohl vorteilhafter, in Amerika zu bleiben.

In dem Jahre nach meinem ersten Besuch erhielt ich noch einmal Gelegenheit nach Amerika zu fahren, und so traf ich die beiden Verwandten erneut in ihrem New Yorker

Apartment. Damals hatte sich mein Onkel gefühlsmäßig bereits zur Rückkehr in seine Heimat entschlossen.

»Deine Mutter lebt ja noch!« sagte er zu mir. Offenbar spielte es für ihn eine entscheidende Rolle, daß Mutter noch am Leben war. Keiichi war während seines fünfzigjährigen Aufenthalts in Amerika nur einmal nach Japan gekommen und schien das Gesicht seiner damals noch jungen Schwester nicht vergessen zu haben. Ich wies ihn darauf hin, daß Mutter nicht mehr die gleiche sei wie damals, sondern schon unter Altersverfall leide, aber er antwortete:

»Wenn man alt wird, ist das bei jedem so! Ich möchte mich gern mit meiner älteren Schwester unterhalten. Auch ich bin ja schon ein wenig senil!«

In Gedanken an sein Leben in Japan, wovon er nun träumte, hielt er für seine altgewordene Schwester gewissermaßen schon einen Stuhl bereit. Weil er sehr lange im Ausland gelebt hatte, sah er fast wie ein Europäer aus, seine Art zu denken war rational und er war auch religiös.

Um ihre letzten Jahre noch in Japan zu verbringen, gaben er und seine Frau ihr amerikanisches Leben endgültig auf und zogen nach Izu. Ich bürgte für die beiden.

Nachdem mein Onkel ein wenig zur Ruhe gekommen war, baute er sich ein hübsches, kleines Wohnhaus im europäischen Stil. Von Mutters Haus war es vier, fünf Bauerngehöfte entfernt, aber meine flinke Mutter schaffte diesen Weg in ein, zwei Minuten. Die beiden Verwandten, also mein Onkel und meine Tante, pflegten jeden Morgen im Eßzimmer ihr Brot ziemlich stark zu toasten, dann mit dem Messer das Schwarze sorgsam abzukratzen und dicke Butter daraufzustreichen. Da sie während des Frühstücks Zeitung lasen, ging der Vormittag großenteils damit hin.

Die Nachbarn und auch die anderen Verwandten nannten meinen Onkel den »Herrn Amerikaner«. Da er amerikanischer Staatsbürger war, erschien das nicht weiter merkwürdig, nur meine Mutter war unzufrieden, daß der plötzlich wieder Aufgetauchte »Herr Amerikaner« genannt wurde. Eigentlich empfand sie keine Antipathie gegen diese Bezeichnung, aber es war ihr ein wenig unbegreiflich und auch etwas peinlich, daß der Mann, der so hieß, ihr Bruder war und ihn die Leute auch so behandelten.

Mutter wartete in größter Spannung, daß Keiichi und seine Frau endlich nach Japan zurückkehrten. Keiichis Rückkehr wurde auf ihre Schallplatte eingeritzt, und diese Platte drehte sich ungefähr ein halbes Jahr lang, Tag für Tag. Mutter hatte diesen in seiner Jugend nach Amerika gegangenen Bruder unter ihren Geschwistern immer am liebsten gemocht. »Ach, wenn er doch endlich hier wäre!« seufzte sie bei allen möglichen Gelegenheiten. Und als Keiichis Rückkehr unmittelbar bevorstand, erschien sie so überglücklich, daß ihre Umgebung dies gar nicht recht verstehen konnte.

Doch als Keiichi dann wirklich kam, zeigte Mutter von allem Anfang gar keine sonderliche Freude. Offenbar zweifelte sie irgendwo in ihrem Herzen daran, ob der Zurückgekehrte tatsächlich ihr Bruder war.

Sie unterhielt sich mit ihm, der täglich bei ihr erschien, und sie trank Tee mit ihm, aber obgleich sie erfaßt hatte, daß hier ein neuer Bekannter in ihren Kreis getreten war, schien sie sich nie recht im klaren zu sein, daß jener neue Bekannte ihr Bruder Keiichi war, den sie doch ihr Leben lang gern gemocht und dem sie stets vertraut hatte.

Mein Onkel war zunächst sehr freundlich und sanft zu Mutter, doch als ihr Altersverfall schlimmer wurde, als er geahnt hatte und sie allzuoft das gleiche redete, konnte er manchmal nicht umhin, kräftig zu protestieren. Gleichwohl war die Vertrautheit zwischen einem jüngeren Bruder und seiner älteren Schwester von anderer Art als die eines Kindes zu seiner Mutter, und als Kuwako und ich wieder einmal in die Heimat fuhren, nahm Keiichi Mutter in Schutz:

»Eure Mutter«, sagte er, »redet übrigens in letzter Zeit nicht mehr so oft das gleiche.«

Er schalt Mutter mit leiser Stimme und ermahnte sie, uns ihre zunehmende Senilität nicht allzu deutlich merken zu lassen. Die Beziehungen der beiden altgewordenen Geschwister erschienen uns in merkwürdigem Licht. Mein Onkel bemühte sich hingebungsvoll um Mutter und vor lauter Anstrengung um sie wurde er manchmal recht ungeduldig, ja wütend, er erklärte, er möchte mit so unverständigen Leuten nicht länger mehr verkehren und ging daraufhin nach Hause. Er schalt Mutter viel heftiger, als wir es wagten.

So regte sich Onkel manchmal über Mutter auf, und sie ihrerseits nannte ihn nie bei seinem Namen. Für sie war er »der Herr Amerikaner«, und hierin schwang ein bißchen Verachtung mit, doch an Tagen, da mein Onkel nicht bei ihr erschien, lief Mutter in das Haus des »Herrn Amerikaners«, vergaß dann, daß sie schon einmal dort gewesen und ging gleich noch einmal hin.

Wenn ich in die Heimat fuhr, fragte ich Shigeko öfter, ob Mutter wohl glaube, daß dieser Amerikaner ihr Bruder Keiichi sei. Auch sie, die doch jeden Tag mit Mutter zusammen verbrachte, konnte dies nicht eindeutig beantworten. Manchmal antwortete sie mir, es habe jetzt durchaus diesen Anschein, doch gelegentlich meinte sie, es mache doch mehr den gegenteiligen Eindruck. Nun, jedem war klar, daß in den Beziehungen der beiden gealterten Geschwister der jüngere Bruder, also mein Onkel Keiichi, den Kürzeren zog. Er stellte sich oft schützend vor Mutter, geriet, wie schon erwähnt, in seiner übergroßen Besorgnis manchmal in Zorn und stritt sich mit ihr. Dafür war er also nach Japan gekommen! Die Bügelfalte seiner Hose, die er jeden Tag trug, war tadellos, er hatte sich eine Krawatte umgebunden, er trug einen Sweater und europäische Schuhe – er war also immer sehr elegant gekleidet. Wenn er nicht gerade mit Mutter im Streit lag, unterhielt er sich gut mit ihr, doch an den Tagen, da er ihr zürnte, betrat er ihr Haus nicht, sondern spazierte nur im Garten umher. Manchmal ging Mutter, die schnell in ihre Geta-Schuhe schlüpfte, zu ihm hin, aber er wich ihr aus, ohne sie auch nur eines Blickes zu würdigen und wollte sich gleich auf den Heimweg machen, doch da Mutter schnell zu Fuß war, hatte sie ihn bald eingeholt. Oft sahen wir sie dann an dem Orangenbaum am hinteren Tor stehen. Manchmal wirkten sie wie erbitterte Gegner, manchmal sah es aber auch aus, als würden die altgewordene ältere Schwester und der bejahrte jüngere Bruder sich leise miteinander unterhalten. Mutter hatte also in ihm durchaus einen tauglichen Tee-Partner gewonnen.

Es war zu Sommeranfang, zwei Jahre, nachdem Keiichi nach Japan zurückgekehrt war, da rief mich plötzlich Shigeko in Tôkyô an.

Akio hatte wegen eines Autounfalls im Krankenhaus gelegen, war aber nun endlich entlassen worden und hinkte an einem Krückstock im Hause umher.

Shigeko beklagte sich heftig über Mutter.

Sie habe Mutter so lange betreut, nun aber sei sie am Ende ihrer Kraft. Mit ihrer eigenen Erschöpfung komme sie schon irgendwie zurecht, aber Mutter mache gegenüber Akio, der sich tagsüber abwechselnd hinlegte und wieder aufstand, aus unbekanntem Grunde, allein schon wenn sie ihn sah, sarkastische Bemerkungen. Auch heute morgen habe sie ihm erklärt, er liege nur müßig herum, offenbar könne er sich ja ein herrliches Leben leisten! Akio habe das nicht weiter beachtet, aber sicher fühlte er sich höchst unbehaglich. Natürlich müsse man sich mit manchem abfinden, denn Mutter sei ja nicht mehr ganz normal, aber sie behandle Akio sicher deswegen so, weil er nicht mit ihr verwandt, sondern nur ihr Schwiegersohn sei. Trotz ihres Altersverfalls unterscheide Mutter das streng. Sie, Shigeko, sei wütend geworden und Mutter habe ihr daraufhin nahegelegt, das Haus zu verlassen, denn es sei ihr Haus. Es bereite ihr, Shigeko, durchaus keinen Kummer wegzugehen, doch sei das eben nicht möglich, und deswegen magere sie ab. Außerdem sei die Art, wie Mutter neuerdings immer seniler werde, fürchterlich. Sie könne Mutter nicht eine Sekunde lang aus den Augen lassen. Hinzu komme, daß nun Akio wieder für einen halben Monat ins Krankenhaus müsse, um erneut operiert zu werden. Dann ginge sie jeden Tag zu ihm ins Krankenhaus, und es sei ihr kaum mehr möglich, gleichzeitig für Mutter zu sorgen. Sie könne diese Betreuung unmöglich dem Hausmädchen oder der Tante überlassen. Wenigstens solange Akio im Krankenhaus sei, bitte sie uns, Mutter aufzunehmen. Das ungefähr war der Inhalt ihres Anrufs.

Als das Telefon geklingelt hatte, war ich selbst an den Apparat gegangen und ich merkte sofort, wie erregt Shigekos Stimme klang. Mutter hatte sie offenbar ernsthaft aufgebracht. An diesem Abend kamen mein Bruder und Kuwako zu mir und wir berieten, was zu tun sei.

»Mutter hat also Shigeko endgültig erzürnt!« meinte Kuwako, »aber Shigeko hat immerhin bis jetzt gut durchgehalten.«

»Shigeko ist also explodiert«, sagte mein Bruder. »Tja, es ist ja auch weißgott um in die Luft zu gehen. Kein Mensch hält das Tag für Tag aus.«

Unser Problem war, ob Mutter sich bereit erklärte, nach Tôkyô zu kommen. Und wenn sie wollte, wir sie ja auch herbringen mußten. Es war nicht zu erwarten, daß Akios Zustand sich schnell bessern würde. Wir hatten bisher Mutter fast ausschließlich Shigeko überlassen und kaum etwas dazu beigetragen, so mußten wir jetzt vor allem an eine Entlastung für Shigeko und ihren Mann denken.

Schließlich einigten wir uns, daß Mutter zunächst zu mir und dann mit uns nach Karuizawa fahren sollte. Ich besaß ein kleines Haus im kühlen Karuizawa, wo ich meist den Sommer verbrachte. Nahm ich Mutter dorthin, würde ihr vielleicht, so hofften wir, das Sommerleben dort unerwartet gut gefallen.

Nachdem wir diesen Entschluß gefaßt hatten, fuhren Kuwako und mein Bruder in die Heimat, um Mutter zu holen. Wir wollten das Haus in Karuizawa früher als sonst bezugsfertig machen und zu diesem Zweck fuhren meine Tante, die in unserem Haushalt mithalf, und meine Tochter Yoshiko als Vorhut dorthin.

Als Mutter mit meinen beiden Geschwistern unser Haus in Tôkyô betrat, sah sie so zusammengefallen aus, daß sie kaum wiederzuerkennen war. Ich führte dies auf die anstrengende vierstündige Autofahrt zurück und sorgte dafür, daß Mutter abends früh zu Bett ging. Sadayo und

Kuwako schliefen neben ihr. Aber Mutter machte fast kein Auge zu. Sobald sie aufwachte, griff sie nach ihrem Handkoffer und wollte nach unten zur Haustür. Sie hatte bereits den ganzen Abend davon gesprochen, sofort wieder in ihre Heimat zurückzukehren.
Als der Morgen graute, schlief Mutter endlich ein. Um zehn Uhr wachte sie auf und kam die Treppe herunter. Sie sah nicht mehr so erschöpft aus wie am Vorabend. »Wie ist es doch schön hier draußen!« lobte sie, entspannt, den Garten, aber schon am Nachmittag war nichts mehr mit ihr anzufangen. Sie wollte unbedingt gleich wieder in ihre Heimat zurück. Immerzu lief sie hinter Kuwako her und bedrängte sie, mit den Worten, sie komme ja nicht mehr bis zum Abend hin, wenn sie nicht sofort abfahre. Wir legten ihr ausführlich dar, warum sie habe nach Tôkyô kommen müssen, doch sie hörte gar nicht hin. Ihr Herz war von der Sehnsucht nach ihrer Heimat erfüllt. Sie sah völlig verändert aus.
Kuwako hatte für sich allerlei zu erledigen, sie konnte nicht ausschließlich für Mutter sorgen, blieb daher nur wenige Tage, dann kehrte sie in ihr eigenes Haus zurück, erschien aber hin und wieder. War Kuwako nicht da, mußte meine Frau sie vertreten, doch das mißlang. Mutter sah in meiner Frau diejenige, die alles geplant und arrangiert hatte, und so war sie ständig hinter Sadayo her und bedrängte sie genau so wie vorher Kuwako mit der ungeduldigen Frage, wann sie denn endlich in die Heimat zurück könne. Mir gegenüber hielt sie sich etwas zurück und meinte nur, sie müsse, wenn möglich heute oder morgen, wieder abreisen.
Am Abend machten entweder Kuwako oder mein Bruder es irgendwie möglich vorbeizukommen, um sich mit Mut-

ter zu beschäftigen. Gelegentlich erschienen sie auch beide. Zunächst hofften wir alle, Mutter werde sich bald abfinden und sich an Tôkyô gewöhnen, aber so sehr wir auch auf sie einredeten, es war vergebens. Es tat uns sehr weh, sie gegen ihren Willen länger bei uns festhalten zu müssen. Da rief eines Tages meine Tochter aus Karuizawa an, der lange Regen habe endlich aufgehört, es scheine seit heute morgen die Sommersonne, wir sollten Mutter doch nach Karuizawa bringen. Ich erzählte ihr von Mutters Zustand, wir hätten auch zunächst vorgehabt, sie nach Karuizawa mitzunehmen, doch infolge der großen Schwierigkeiten, die sie schon bereitet habe, sei dieser Plan wohl kaum zu verwirklichen. Da erwiderte Yoshiko:

»Ich werde Großmutters Pflege übernehmen! Nach meiner Ansicht hat sich ihr Zustand deshalb verschlechtert, weil sich ihre Umgebung nicht genügend in ihre Psyche einfühlt. Ich werde es schon schaffen. Ich mag Großmutter gern, und auch sie mag mich leiden. Eine vierundachtzigjährige Frau muß mit den Empfindungen einer Vierundachtzigjährigen behandelt werden!«

Ich war verblüfft. Yoshiko hatte bisher noch nie so gesprochen. Ich, ihr Vater, wurde also von meiner Tochter gescholten, meine Mutter falsch behandelt zu haben. Natürlich war es äußerst lobenswert und tüchtig von ihr, für Mutter sorgen zu wollen, über deren Schwierigkeit hier alle jammerten. Die Frage war nur, wie lange Yoshiko durchhalten würde.

Ohne zu ahnen, wie Mutter darauf reagieren würde, sprach ich an diesem Abend zu ihr über die Reise nach Karuizawa. Mein ältester Sohn, der noch studierte, rief spontan:

»Großmutter! Geh doch nach Karuizawa! Da fühlt man sich so wohl!«

»Ja«, antwortete sie, Karuizawa ist schön. Auch wenige Tage dort würde ich sehr genießen.«
Sie war, als sie seinerzeit bei Kuwako in Tôkyô wohnte, schon einmal in Karuizawa gewesen und hatte das offenbar nicht vergessen.
»Gut, du gehst also ein paar Tage nach Karuizawa«, versuchte Kuwako sich zu vergewissern.
»Ja«, erwiderte sie sanft. Der Gedanke, nach Karuizawa zu gehen, schien sie froh zu stimmen.
Nach langem Überlegen entschlossen wir uns, für ihre Hinfahrt das Auto zu benutzen. Kuwako, die Mutters Art am besten kannte, und mein Bruder sollten sie dorthin begleiten. Aber als Mutter in den Wagen stieg, erklärte sie, es wäre ihr, wo sie nun in die Heimat fahre, peinlich, nicht ein paar kleine Geschenke mitzubringen.
»Wir fahren aber doch gar nicht in die Heimat, sondern nach Karuizawa!« rief Kuwako.
»Das kommt überhaupt nicht in Frage. Wer fährt denn schon ausgerechnet nach Karuizawa? Ich will in die Heimat und nirgend anders wo hin.«
Darauf nahmen Kuwako und mein Bruder sie sanft an den Armen und halfen ihr in den Wagen.
»Macht euch keine Sorgen!« rief Kuwako uns zu, die wir zum Abschied neben dem Wagen standen. Zum Chauffeur gewandt, sagte sie:
»Also in unsere Heimat, nach Karuizawa!«

Zwei Tage später kam ich mit Sadayo nach. Am frühen Nachmittag trafen wir in Karuizawa ein. Als ich am Tor ausstieg und den leicht ansteigenden, auf beiden Seiten dicht mit Bäumen bestandenen Hügelweg hinaufging, sah ich Mutters Gestalt, wie sie eben Unkraut herausriß. Neben ihr lag Yoshiko auf einem Garten-Korbstuhl, mein Bruder sonnte sich nackt auf einer Matte, die er auf dem Rasen ausgebreitet hatte, und Kuwako las in einem Stuhl auf der Veranda, wo man einen guten Überblick hatte, ein Buch. Mutters Gesicht, das sie mir und Sadayo zuwandte, war heiter und friedlich. Offenbar lief hier alles bestens, ich war erleichtert.

»Mutter geht es heute so gut! Gestern war es ein bißchen schlimm mit ihr, aber heute ist sie schön brav, ja?« sagte Kuwako, halb zur Mutter gewandt.

Vorgestern, als sie in Karuizawa ankamen, war Mutter infolge der anstrengenden Autofahrt halb geistesverwirrt, und sie schimpfte laut, daß man sie hierher und nicht in die Heimat gebracht habe. Sie verbrachte die ganze Nacht schlaflos, und Kuwako und das Mädchen, die neben ihr lagen, hatten es sicher sehr schwer mit ihr. Gestern war Mutter vormittags ruhig gewesen. Sie finde es schön, meinte sie, daß sie hierher gekommen sei, wo sie mit den anderen in der Nähe des Hauses spazieren gehen konnte und es so angenehm kühl war. Doch kaum fing der Nachmittag an, verschlimmerte sich die Lage, es war zwar nicht ganz so schlimm wie am Vortag, doch sie forderte energisch, in die Heimat zurückkehren zu können. Sie setzte uns furchtbar zu.

»Heute ist es am besten!« erklärte mir Yoshiko. »Es ist zwar schon Nachmittag, aber sie scheint friedlich zu bleiben. Vielleicht hat sich Großmutter abgefunden. Jedenfalls kann sie jetzt, da es kühl ist, gut schlafen. Gestern schlummerte sie tief. Auf diese Weise ruht sich ihr Kopf wohl aus.«

An diesem Tage sprach Mutter bis zum Abend mit keinem Wort davon, daß sie in ihre Heimat möchte. Die Tatsache, daß sie unentwegt immer das gleiche wiederholte, erschien uns jetzt gar nicht mehr so wichtig. Wir überlegten uns, ob wir nicht auch immer die gleiche Antwort geben sollten. Das würde vielleicht etwas deprimierend werden, aber auf diese Weise kämen wir besser mit Mutter zurecht, als wenn sie nur immer ihren kleinen Koffer in die Hand nahm und dauernd sagte, sie wolle unbedingt sofort in ihre Heimat zurück. Es erforderte von uns natürlich viel Geduld und Kraft, stets die gleichen Worte von ihr zu hören und darauf immer wieder dasselbe zu antworten. Wenn sie ständig darum bat, bedrückte es uns schwer, ihr diese Bitte abschlagen zu müssen. Aber es blieb uns nichts anderes übrig, als der vierundachtzigjährigen Mutter gegenüber hart zu bleiben. Da wir sie nicht überreden oder gar überzeugen konnten, wurde der Dialog schließlich zu einem bloßen »Ich möchte zurück!« und einem »Nein, das geht doch nicht!«. Mutter fand es unbegreiflich, warum wir ihr diesen Herzenswunsch nicht erfüllten und wir stellten uns die Frage, warum sie denn nicht die Unmöglichkeit, ihr diese Bitte zu erfüllen, begriff, obgleich wir uns doch alle Mühe gaben, ihr das klarzumachen. Am meisten Schwierigkeit bereitete es uns, daß nach und nach jeder von uns das Selbstvertrauen verlor, Mutter gegen ihren Willen hierzubehalten. Ihr Gesicht war, wenn sie darum bat, zurückkehren zu dürfen, wie das eines kleinen Kindes, das unbedingt nach Hause möchte und alles andere ablehnt. Bei Mutter drückte ihr ganzer, so schmächtig gewordener Körper diesen sehnlichen Wunsch aus. Nicht nur ihr Mund sprach davon, auch die Augen, das Profil, ihr Rücken, all das gab dem Ausdruck.

Nachdem ich in Karuizawa eingetroffen war, blieb Mutter drei Tage lang ruhig. Vielleicht hatte sie sich, wie Yoshiko

meinte, damit abgefunden oder sie hatte sich an Karuizawa gewöhnt und fand das Leben hier gar nicht so übel.
Am vierten Tag fuhren mein Bruder sowie Kuwako und auch die Tante, die unseren Haushalt besorgte, nach Tôkyô zurück. Nur ich, Yoshiko und die junge Sadayo sorgten für Mutter. Als Kuwako mit den anderen aufbrach, begleitete Mutter sie bis zum Tor. Kaum war das Auto abgefahren, bemerkte sie:
»Endlich ist es hier ruhig geworden! Wie herrlich!«
Verblüfft sagte Yoshiko:
»Wie kannst du nur so reden, Großmutter!«
»Aber es stimmt doch!« lachte Mutter und setzte hinzu: »Wenn du auch heimfahren willst, tu es doch!«
»Ich möchte schon, aber ich kann nicht, weil ich für dich sorgen muß, Großmutter!«
»Sehr, sehr liebenswürdig!«
»Wirklich! Sadayo und ich leisten dir hier solange Gesellschaft, bis du vernünftig geworden bist!«
»Das sagst du nur so. In Wahrheit möchtest du bleiben, weil du in Tôkyô arbeiten müßtest.«
»Ach, nein! Das ist unerhört!«
Als ich diese Unterhaltung zwischen Großmutter und Enkelin mitverfolgte, dachte ich beruhigt, ich brauchte mir keine Sorgen zu machen.
Doch noch am Abend begann Mutter ihr Handköfferchen zu packen und im gleichen Augenblick davon zu reden, daß sie sofort in die Heimat zurückwolle. Um sie abzulenken, führten Yoshiko und Sadayo sie zu einem Spaziergang aus, aber das half nichts.
Seitdem ging es mit Mutters Altersverfall mal auf und mal ab. Ihren Wunsch heimzukehren äußerte sie mit eiserner Entschlossenheit, sie redete hartnäckig nur davon, dachte

sich einleuchtende Gründe aus und zählte sie uns einzeln auf. Doch sobald irgendwann dieses heftige Verlangen plötzlich in ihrem Herzen erlosch, wurde sie brav und folgsam, als sei ein böser Geist von ihr gewichen.

»Allmählich wird es ja nun Herbst«, sagte sie hin und wieder. Während sie auf das Zirpen der Zikaden lauschte, das aus den Büschen im Garten drang, wirkte ihr Profil seltsam ruhig, und wir waren alle gerührt.

An einem solchen Tage, als sie mit den beiden Mädchen von einem Spaziergang zurückkam, erklärte sie unerwartet:

»Wir haben unterwegs eine Frau getroffen, die uns nach dem Weg fragte, und ich wollte ihr auch helfen, aber gab ihr dann doch nicht richtig Bescheid. Sicher ist sie jetzt in Schwierigkeiten!«

»Sie hat uns doch gar nicht nach dem Weg gefragt!« warf Yoshiko ein. »Sie hat überhaupt nicht mit uns gesprochen, sondern ich fragte sie, ob sie einen bestimmten Weg suche.«

Darauf erwiderte Mutter ernst:

»Nein! Sie hat mich nach dem Weg gefragt!«

»Das stimmt nicht ganz«, sagte nun auch Sadayo. »Sicher haben wir unterwegs eine Frau getroffen, doch sie fragte uns nicht nach dem Weg.«

Mutter ließ sich aber nicht davon abbringen.

Ihrer Miene konnte man entnehmen, daß sie fest überzeugt blieb. Als wir beim Abendessen zusammensaßen, murmelte sie ein paar Mal vor sich hin:

»Sie tut mir leid! Was sie jetzt wohl macht?«

Bald nach dem Abendessen rief Yoshiko plötzlich, Mutter sei nirgendwo zu sehen. Ich und Sadayo eilten in den Garten hinaus, aber sie war dort nicht. Dann bat ich

Sadayo, beim Vordereingang nach Mutter zu suchen, während ich durch den Hintereingang aus einen schmalen Weg entlang lief. Dieser Weg kreuzte sich mit einer Reihe anderer Wege, und da und dort standen auf ausgedehnten Grundstücken einige Villen unter Bäumen. Es war an sich kein Privatweg, tagsüber waren jedoch nur wenig Leute darauf zu sehen. Immer wenn ich an eine Kreuzung kam, zweifelte ich, ob ich abbiegen sollte. Ich hatte ja keine Ahnung, wohin Mutter gegangen sein mochte.

Da entdeckte ich auf der etwas breiteren Straße, auf die ich gestoßen war, Mutters zarte Gestalt, wie sie in der Ferne mit kleinen Schritten dahineilte. Die Straße war auf beiden Seiten mit einem Wald aus Momi-Föhren und Chinesischen Schwarzkiefern bestanden. Sie lief daher schnurgerade, wie mit einem Lineal gezogen, und am Ende war, ganz klein wahrnehmbar, meine Mutter. Sie blieb hin und wieder stehen und rannte dann weiter. Ihre Gestalt ließ mich an ein flinkes Tier denken.

Als ich Mutter eingeholt hatte, sagte ich nur: »Komm, Mutter, gehen wir nach Hause.«

Wie immer bei solchen Gelegenheiten schaute sie ein wenig verlegen drein.

»Wo die Frau wohl hingegangen ist?« murmelte sie vor sich hin.

Dieser Vorfall versetzte mir einen ziemlichen Schock. Zum ersten Mal war Mutter Opfer einer Halluzination geworden. Aber vielleicht konnte man auch ihre Heimat, in die sie unbedingt zurückkehren wollte, als ihre Halluzination bezeichnen.

Die Frau, die sich verlaufen und nach dem Weg gefragt hatte, existierte nur an diesem Tag. Dann wurde Mutter wieder ruhiger. Sie ging mit Yoshiko und Sadayo im

Garten umher oder unternahm kleinere Spaziergänge mit ihnen. Vielleicht war die Halluzination auch für sie ein Schock gewesen. Oder es kehrte dank dieses Vorfalls ihr Empfinden zur Normalität zurück. Zum ersten Mal, seit sie ihre Heimat verlassen hatte, verbrachte sie nun eine Reihe von Tagen still und sanft. Einmal sah ich sie vom Wohnzimmer aus mit Yoshiko und Sadayo auf der Veranda sitzen.

Sie sagte in singendem Ton ein Gedicht aus einer Ballade auf:

»Im Dorf am Aso-Berg
ist Spätherbst geworden,
es regnet und regnet,
ein einsamer Abend.«

Doch dann wußte sie nicht, wie es weiterging und sann angestrengt nach.

»Oh, Mutter, was du alles weißt!« rief ich überrascht, während ich näher zu ihr hinging. Yoshiko stimmte in das Lob mit ein:

»Ja, Großmutter weiß ungeheuer viel. Außer dieser Ballade ›Das pietätvolle Mädchen Weiß-Chrysantheme‹ kennt sie auch das Stück ›Ishidô-maru‹. Bitte, Großmutter, singe Vater etwas daraus vor!«

Daraufhin summte Mutter etwas aus dem »Ishidô-maru«:

»Als Vater auf dem Kôya-Berg weilte
und die Botschaft des Windes vernahm ...
Tag für Tag einsam wandernd ...«

Als wir sie baten fortzufahren, seufzte sie:

»Ach, ich habe schon alles vergessen!« und neigte nachdenklich den Kopf zur Seite, blickte dann aber plötzlich auf und sagte:

»So ... ja ... außerdem kenne ich noch die Ballade vom

›Djakarta-Brief‹ – einen Augenblick ...« Und dann rezitierte sie:

»Endlich kann ich euch schreiben.
Was ich eigentlich sagen wollte,
habe ich inzwischen vergessen.
Ich schicke Vater und Mutter zwei holländische Stoffe.«

Ihre Stimme war sehr leise. Wir hörten ihr still zu.

»Und wie geht es weiter?« drängte ich, doch sie erwiderte sanft:

»Mehr kann ich nicht. Nur ›Das pietätvolle Mädchen Weiß-Chrysantheme‹ und ›Ishidô-maru‹, ja, und ein wenig aus dem ›Djakarta-Brief.«

»Du erinnerst dich vor allem an Stücke, die von Mitleid und Sehnsucht handeln«, meinte Yoshiko. Aber Mutter wiederholte, ohne darauf einzugehen: »Mehr kann ich nicht«

Ihrem Gesicht war anzusehen, daß ihr Gedächtnis trotz aller Anstrengung nicht mehr hergab.

»Das Leid, von geliebten Menschen Abschied nehmen zu müssen«, sagte ich und war selber überrascht, als mir diese Worte Buddhas von der einen der vier Formen menschlichen Leids über die Lippen kam. Sicherlich war es dieses Leid, das ihr Herz erfüllte, und das Drama eines schmerzlichen Abschieds hatte sie gleich mit hinein gewoben. War ihre heftige Sehnsucht nach ihrem Heimathaus nicht der Verzweiflung ähnlich, mit der jene Frau sehnsuchtsvoll den »Djakarta-Brief« geschrieben hatte? Und war Mutters Mitleid mit jener Frau, die sich verlaufen hatte und daher in Bedrängnis geriet, nicht wie das welches die junge Mutter in den Balladen »Das pietätvolle Mädchen Weiß-Chrysantheme« und »Ishidô-maru« empfand und was sich als nie auslöschbar in ihr Herz eingegraben hatte?

Akio hatte erklärt, Mutter empfinde langsam immer weniger Interesse für die Dinge dieser Welt, und nur Heirat, Kindergebären und Tod hätten Bedeutung für sie, aber vielleicht konnte man auch sagen, daß nur mehr »Das Leid, von geliebten Menschen Abschied nehmen zu müssen« ihr Herz bewegte. Im Leben einer Frau sind Heirat, Kindergebären und Tod von diesem Leid kaum zu trennen. Hatte Mutter in ihrem über achtzig Jahre währenden Leben außer diesem noch etwas anderes geistig und körperlich erfahren? Manchmal tauchte ein gehässiger Ausdruck in ihrem Gesicht auf, aber das dauerte nur ein paar Augenblicke. Was in ihrem Körper, der so leicht wie ein welkes Blatt geworden war, und in ihrem schon zerfallenden Geist noch fortlebte, war wohl ein reines, sehr einfaches Gefühl, etwas wie destilliertes Wasser, aus dem alle Fremdkörper ausgeschieden waren.
An jenem Abend trank ich auf der Veranda Whisky mit einem Gast. Mein Besuch ging um neun Uhr, doch bald darauf kamen drei weitere Bekannte. Auch mit ihnen trank ich Whisky. Es war nach zwei Uhr, als sie mich verließen. Ich brachte sie bis zum Tor und ging dann auf die Veranda zurück. Da sah ich Mutter und Yoshiko, beide im Nachtgewand, stehen und streiten, ob Mutter nicht lieber wieder ins Bett gehen sollte. Weil sie keinen Schlaf fand, war Mutter mit übergehängter Haori-Jacke auf die Veranda gegangen, doch da die Nacht kalt war, redete ich ihr das aus und setzte mich mit ihr ins Wohnzimmer. Dort trank ich weiter Whisky und sagte zu ihr:
»Na, Mutter, heute darfst du ruhig immer wieder dasselbe reden. Ich habe zu viel getrunken, es macht mir nichts aus!«
Es war schon lange her, seit ich das letzte Mal mit Mutter

so ganz entspannt wie mit einem normalen Menschen zusammengesessen war. Ich hatte mich bisher immer bemüht, die Worte, die sie ständig wiederholte, nicht in mein Ohr eindringen zu lassen. Oft war ich drauf und dran, ihr ärgerlich zu bedeuten, doch endlich aufzuhören, immer wieder das gleiche zu reden. Doch ich hatte mich jedesmal beherrscht. Ihr gegenüberzusitzen hieß für mich nichts anderes als diesen Kampf mit mir selbst auszutragen. Doch in dieser Nacht half mir meine Trunkenheit, locker und frei ihr gegenüber zu sitzen.

Am nächsten Tag freilich fragte mich Yoshiko:

»Gestern abend hast du wohl ein bißchen zuviel getrunken, wie, Vater? Großmutter hat es mir gesagt. Sie behauptete, du seist ganz komisch gewesen und sie hätte dich aufgefordert, doch nicht immerzu dasselbe zu reden.«

Ich lachte laut auf. Ich wußte nicht mehr, was ich gesagt hatte und konnte mich auch nicht an Mutters Worte erinnern.

»Ob sich Großmutter wohl bewußt ist, daß du ihr Sohn bist?« fuhr Yoshiko fort. »Mir erscheint das recht fraglich. Als sie mir von dir erzählte, sprach sie wie von einem Fremden.«

Während Mutter in Karuizawa war, rief Shigeko regelmäßig jeden fünften oder sechsten Tag aus der Heimat an. Obwohl sie uns veranlaßt hatte, Mutter bei uns aufzunehmen, schien sie ein schlechtes Gewissen zu haben.

»Ende August«, sagte sie das letzte Mal, »kommt Akio wohl aus dem Krankenhaus. Könntest du Mutter nicht noch bis Mitte September behalten? Ich wäre dir sehr dankbar! In diesen Tagen schicke ich warme Kleidung für Mutter, bei euch wird es ja bald kalt werden.«

Aber schon Mitte August kehrte Mutter zurück. Sadayo

mußte in einer dringenden Familienangelegenheit nach Izu heimfahren, und das wirkte sich auch auf Mutter aus. Sie verfügte offensichtlich über eine starke intuitive Kraft. Von dem Augenblick an, in dem sie spürte, daß Sadayo bald Karuizawa verlassen werde, wurde sie wie die Schreiberin des »Djakarta-Briefes« von einer wilden Sehnsucht nach ihrer Heimat erfaßt. Keiner von uns konnte genau sagen, wie Mutter von Sadayos geplanter Rückkehr Wind bekommen hatte. Sie packte verschiedentlich ihren Handkoffer, ging hin und wieder sogar zur Bus-Haltestelle. Sie hörte auf niemanden. Schließlich ließ sie Yoshiko gegenüber sogar die Bemerkung fallen, sie würde lieber sterben, als noch länger hierbleiben. Das traf Yoshiko tief.

»Großmutter, ich werde nie mehr mit dir sprechen!« erklärte sie ernst.

»Schön, dann sage ich ›bye-bye‹ zu dir!« erwiderte Mutter. Wir wunderten uns alle, daß Mutter ein so komisches Wort wie ›bye-bye‹ kannte.

Mein Bruder und Kuwako erschienen Mitte August, um Mutter zu holen. Immerhin war sie fast einen Monat in Karuizawa gewesen. An dem Tag, als Mutter abgefahren war, sagte Yoshiko, vor dem Spiegel im Waschraum stehend:

»Tante Shigeko hat mir kürzlich am Telefon erklärt, sie sei wieder etwas dicker geworden, nun bin ich dank Großmutter abgemagert.«

4

Nach der Rückkehr in ihre Heimat wurde Mutter wieder ruhiger. Da sie nicht mehr immerzu um ihre Rückkehr bitten mußte, sondern endlich bei sich zuhause war, hatte sie allerdings das verloren, woran sie bisher gehangen hatte.

Nachdem ich im Herbst Karuizawa verlassen hatte, besuchte ich Mutter in der Heimat. Ich hätte ihr gern ironisch angedeutet, daß sie ja nun keinen Grund mehr habe zu schimpfen und sich über uns zu beklagen. Doch das wäre sinnlos gewesen. Sie hatte inzwischen schon vergessen, daß sie in Tôkyô gewesen und dann mit uns nach Karuizawa gekommen war.

»Karuizawa«, sagte sie zu mir, »ist sicher wundervoll. Dort würde ich gern einmal sein – wenn mich nur jemand hinbrächte!«

Auf meine Frage, ob sie sich denn nicht mehr an Karuizawa erinnern könnte, antwortete sie, sie sei in Wirklichkeit ja nie dort hingefahren, könnte also weder sagen, daß sie sich erinnerte oder nicht erinnerte.

»Erinnerst du dich auch nicht mehr an das vorletzte Mal? Du bist doch auch früher schon dort gewesen!«

»Nein, eben nicht! Ich habe nur immer gern hingewollt!«

So hatte sie also auch vergessen, daß sie vor einigen Jahren da war. Sie hätte sich wenigstens an ihren Aufenthalt bei uns in Tôkyô erinnern müssen, aber auch die Erinnerung daran war erloschen. Körperlich schien sie sich gut zu fühlen. Ihr Gesicht sah erstaunlich frisch aus, so daß sie kaum wieder zu erkennen war. Dafür war aber »der Herr Amerikaner«, mein Onkel Keiichi, hinfällig geworden. Das Gehen fiel ihm schwer. Mutter zu besuchen, bedeutete für ihn eine gewaltige Anstrengung. Er brauchte hierfür so lange, daß Mutter in der gleichen Zeit diesen Weg mehrere Male schaffte. Er wurde nun auch immer von seiner Frau begleitet.

»Ich möchte gern etwas von der Kraft deiner Beine abhaben!« sagte er fast jedesmal, wenn er kam. Als er immer seltener erschien, besuchte ihn Mutter ihrerseits mehrere Male am Tag. Ich weiß nicht, was Onkel so gegen sie aufbrachte, aber Mutter kam ein paar Mal zornig zurück und erklärte, nie wieder sein Haus zu betreten, aber das hatte sie schon nach einer Stunde vergessen und besuchte ihn erneut. Wenn sie in ihrer Heimat war, bewegte sie sich völlig frei und unbekümmert, sie wirkte, übertrieben gesagt, fast anmaßend, so wenig beachtete sie die anderen.
»Mutter ist wieder das eigensinnige Mädchen von früher geworden«, sagte Shigeko. »Was man auch zu ihr sagt, es kommt gar nicht an!«

Gegen Herbstende war die Toten-Gedenkfeier für Großmutter O-Nui, die vor fünfzig Jahren verstorben war und einmal Mutterstelle an mir vertreten hatte. Doch Mutter hatte den fünfzigsten Todestag von Großmutter O-Nui ganz und gar vergessen.
»Ah so? Es ist O-Nui's Gedenktag?« fragte sie obenhin.
Ich selber blickte auf diese fünfzig Jahre bewegten Herzens zurück. Als Großmutter O-Nui starb, ging ich in die sechste Volksschulklasse, ich kann mich an den Tag ihres Begräbnisses gut erinnern. Die seitdem verstrichenen fünfzig Jahre kamen mir lang vor, aber noch länger erschienen sie mir jetzt, da mir bewußt wurde, daß in dem Herzen meiner Mutter nicht eine Spur irgendeines Gefühls ihr gegenüber zurückgeblieben war.
Mutter war es gleichgültig, um welchen Toten-Gedenktag es sich handelte. Sie genoß es, daß viele Leute erschienen. Mit ein paar freundlichen Worten wie »Ich danke Ihnen sehr herzlich, daß Sie sich die Zeit genommen haben!«

bedachte sie jeden nach Belieben, und alle Gäste antworteten in gleicher Weise etwa »Wundervoll, wie frisch und wohl Sie aussehen!« Es gab auch einige, die das ganz ehrlich meinten, doch andere fügten hinzu: »Na ja, Hauptsache, man ist gesund!« Keiichi, »der Herr Amerikaner« erzählte bei dem Bankett nach der Totenfeier von seinen Erinnerungen an Großmutter O-Nui. Ich weiß nicht, ob er sie gern mochte oder ob er sie nie hatte leiden können, jedenfalls wußte er, der in sehr jungen Jahren Japan verlassen hatte und nun Amerikaner war, über Großmutter O-Nui am besten Bescheid. Mutter nahm auch an diesem Bankett teil. Ich beobachtete sie aus einiger Entfernung. Man hätte meinen können, sie lauschte Keiichis Worten, aber ihre Gedanken waren wohl ganz wo anders und Sadayo blickte sie jedesmal, wenn Mutter etwas zu ihr sagen wollte, etwas unwillig an. Dann wandte Mutter ihr Gesicht auf höchst merkwürdige Weise, doch nur einen Augenblick lang, Keiichi zu. Es erschien mir unschuldiger und jünger als das der dreiundzwanzigjährigen Sadayo.

Das neue Jahr brach an. Mitte Januar versammelten wir Geschwister uns in der Heimat, um Mutter zu ihrem fünfundachtzigsten Geburtstag zu gratulieren.

»Das war für mich ein gewaltiger Schock!« begann Shigeko zu erzählen und fuhr fort: »Denkt euch nur, Mutter sagt seit dem letzten Jahr Großmutter zu mir! Als uns ein Enkel aus Mishima besuchte, sprach sie von mir als der Großmutter. Zunächst dachte ich, sie nannte mich so wie der Enkel es tat. Aber mitnichten! Sie scheint mich wirklich für eine Großmutter zu halten!«

»Mit wem verwechselt sie dich denn?« fragte mein Bruder.

»Vermutlich mit gar niemandem. Sie glaubt einfach, ich sei eine Großmutter!«

»Das muß ein schwerer Schlag für dich sein!«
»Schlimmer geht es ja wohl nicht, als daß einen die eigene Mutter für eine Großmutter hält!«
»Ich kann es mir nicht vorstellen, daß sie in dir nicht ihre Tochter sieht!«
»Hin und wieder wohl, aber häufig auch nicht. Und wenn sie sich schon mir gegenüber so verhält, ist für sie ›der Herr Amerikaner‹ bestimmt jemand ganz anderer als ihr Bruder Keiichi. Onkel Keiichi hat es übrigens neuerdings aufgegeben, sich ihr gegenüber als Bruder zu verhalten. Manchmal aber meint er ärgerlich zu ihr: ›Du begreifst zwar nichts von dem, was man zu dir sagt, aber du hast einen jüngeren Bruder Keiichi, und der redet jetzt mit dir!‹ Wenn man das so hört, kann einem Mutter wirklich leid tun.«
Seit Ende des Jahres, so berichtete Shigeko weiter, beginne Mutter an Halluzinationen zu leiden. Sie träfe zum Beispiel Vorbereitungen für den Tee, obwohl gar kein Besuch zu erwarten ist. Sie habe irgendwie das Gefühl, es besuche uns jemand. Sie verwechsle gestern und heute und bereite etwas für einen Gast vor, der am Tag zuvor schon da gewesen war.
Während wir Geschwister, und vor allem Shigeko, so von Mutter erzählten, saß diese geistesabwesend im Wohnzimmer nebenan, und als Kuwako ihr zurief:
»Mutter, wir reden hier über dich!«, sagte sie lachend:
»Ich weiß Bescheid. Ihr redet sicher schlecht von mir. Das ist mir sonnenklar!«
Ihre Miene strahlte vor Unschuld und Güte. Doch fiel ihr Gesicht gleich wieder in Geistesabwesenheit, als tauchte sie in ihre eigene Welt zurück. Ich überlegte, was sie wohl gerade denken mochte. Vergangenheit und Gegenwart waren in ihr miteinander vermischt und ebenso Traum und

Wirklichkeit. Hin und wieder drangen Worte ihrer Kinder, die sich miteinander unterhielten, an ihr Ohr, doch auch diese Wahrnehmung erlosch in Sekundenschnelle.
Als ich aus der Kurzgeschichte »Das Sterberegister« von Akutagawa Ryûnosuke das Haiku von Jôso zitierte:

»Sonnenfäden
sind nur mehr
außerhalb des Grabes.«,

da fuhr mein Bruder fort:

»Und sicherlich:
jagt der Traum
über das dürre Feld.«

Der Tod von Onkel Keiichi kam unerwartet. Er starb an einer Krankheit. Seine Körperschwäche, die einfach auf sein Alter zurückzuführen war, zeigte sich in diesem Jahr besonders offenkundig, und es hatte ihm offenbar geschadet, daß er sich Anfang Mai übernahm, als er mit seiner Frau zum Einkaufen nach Numazu fuhr. Auf dem Heimweg wurde ihm plötzlich übel und schwindlig, er legte sich zuhause sofort zu Bett und starb um Mitternacht. Sein Tod bestürzte uns alle tief. Es waren noch keine zwei Jahre seit seiner Rückkehr aus Amerika vergangen. Im Gegensatz zu Mutter waren bei ihm bis kurz vor seinem Tode keine Symptome geistiger Verwirrung zu bemerken. Da ihm die wachsende Senilität seiner Schwester allzu sehr mitnahm, hatte er sich vielleicht aus dieser Welt zurückgezogen, bevor es auch mit ihm so weit kam.
Am Tage seiner Beisetzung fiel vom frühen Morgen an ein feiner Regen, doch als der Leichenzug aufbrach, wurde der Himmel hell. Der Zug bewegte sich den ziemlich steilen Hang des kleinen Berges, der Kumano-yama hieß, hinauf.

Der von kleinen Steinen übersäte Weg war naß, und das Gehen fiel schwer, weil man mit den Schuhen darauf ausrutschte, doch das Grün der Bäume an beiden Seiten des Wegs leuchtete wundervoll frisch. Auch bei dem Begräbnis von Großmutter O-Nui und von Vater waren wir in gleicher Weise diesen Hügel hinaufgezogen. Und auch bei den Beerdigungen von Mutters Geschwistern befand ich mich im Leichenzug und stapfte diesen Weg hinauf.

Das Kästchen mit Onkel Keiichis Asche wurde in die Erde gesenkt, darauf stellte man ein Totenbrett, der Priester las aus einem Sutra, man zündete Weihrauchkerzen an, doch dann trennten ich und Kuwako uns von den Trauergästen, um das etwas entfernter liegende Grab unseres Vaters aufzusuchen.

Die rechteckige, von Buchsbäumen umfriedete Grabstätte umfaßte fünf Grabsteine, den von Vater, den von Großmutter O-Nui sowie die von Shumma und Takenori und schließlich einen kleinen, auf dem überhaupt nichts geschrieben stand. Dieser namenlose Grabstein bezeichnete die Ruhestätte eines Kindes des Assistenzarztes aus Urgroßvaters Zeiten. Dieses Kind war, wie ich einmal erfuhr, wenige Tage nach der Geburt gestorben. Die Gräber von Shumma und Takenori waren klein, wie dies bei Frühverstorbenen üblich war. Ich wollte gern das Todesjahr wissen, das auf diesen Grabsteinen eingemeißelt stand. Die Schriftzeichen waren von Moos überwachsen und nur schwer lesbar. Bei Shumma stand September Meiji 27, und bei Takenori Januar Meiji 30. Da Mutter im 18. Jahre Meiji geboren war, starb Shumma, als sie zehn Jahre alt war; in ihrem dreizehnten Lebensjahr starb dann Takenori. Als ich das meinem Bruder mitteilte, meinte der lachend:

»Mutter war wohl recht frühreif!«

Vater empfand sicher nie Eifersucht. Aber er hätte es kaum für möglich gehalten, daß seine Frau nach seinem Tod so ungehemmt über ihre Jugendliebe in ihrer Mädchenzeit reden würde.

»Daran hat er wohl nicht im Traum gedacht!« sagte ich.

Wir besprengten Vaters Grabstein mit Wasser, Kuwako entfernte das Unkraut und machte das Grab wieder hübsch.

An diesem Abend wurde für die Verwandten und einigen Nachbarn ein Leichenschmaus veranstaltet. Da das Haus »des Herrn Amerikaners« zu eng war, benutzte man den Gastraum des nahen Haupthauses.

Die Unterhaltung war gerade in vollem Gang, als Mutter erschien. Ihre Stimme drang aus der Küche, wo einige Nachbarsfrauen mithalfen. Ich erhob mich sofort und ging hin.

»Ist denn Keiichi gestorben? Warum hat mir das niemand gesagt?« fragte Mutter die Frauen in heftigem Ton. Ihr Gesicht war fahl. Sobald sie sich aufregte, wurden ihre Augen ganz starr.

»Sie haben es doch gewußt!«

»Nein! Ich wußte es nicht! Eben erst habe ich davon gehört!«

Ihr Atem ging schwer, als hätte sie von Keiichis Tod eben erst erfahren und sei sofort hierher geeilt. Da erschien Shigeko und bat Mutter: »Komm, gehen wir, Mutter!« Aber diese nahm sich jetzt Shigeko vor:

»Warum hast du mir Keiichis Tod verheimlicht?«

»Wieso sollte ich das vor dir verheimlichen? Du hast mir doch selber erklärt, wie nahe dir sein Tod gehe.«

»Nein. Ich wußte wirklich nichts davon.« Dabei schüttelte sie den Kopf.

Dann führten ich und Shigeko Mutter durch den Garten ins Haus zurück, aber fünf Minuten später war sie nirgends mehr zu sehen. Es entstand große Aufregung, und so mußten wir wieder auf die Suche nach Mutter gehen. Zunächst schauten wir da nach, wo die Feiernden eben noch vergnügt beisammengesessen hatten und noch saßen, doch Mutter war nicht dabei, und so spähten wir in das Haus unseres verstorbenen Onkels. Seine Frau war, um dem Lärm dieser Veranstaltung zu entgehen, daheimgeblieben, und da sahen wir tatsächlich Mutters kleine Gestalt neben ihr sitzen. Als wir beim Eingang den Kopf hineinstreckten, rief unsere Tante:

»Eure Mutter hat Weihrauch dargebracht!«

Auf dem Buddha-Altar am anderen Ende des Raums stand zwischen Blumen und mit einem schwarzen Band versehen ein Photo von Keiichi.

»Eure Mutter«, erklärte uns die Tante, die nun zu uns herauskam, die wir noch immer im Flur standen, »hat um ihn geweint.«

Mutters Gesicht war naß vor Tränen.

Wir führten sie zurück, aber abends begab sie sich noch zweimal in Keiichis Haus und setzte sich vor die Totentafel. Das eine Mal kam Sadayo mit, das andere Mal eine Nachbarin, die bei uns war, um abends mitzuhelfen. Mutter hatte beide so angefleht, sie zu begleiten, daß sie es ihr nicht abschlagen konnten.

»Ihre Mutter«, sagte Sadayo zu mir, »ist wirklich tief traurig. Sie sieht ganz verändert aus!« Und sie fügte erklärend hinzu:

»Ihre Mutter denkt anscheinend, daß sowohl ›der Herr Amerikaner‹ wie auch ihr Bruder Keiichi gestorben sind. Sie hält die Bestattung am Tage für des ›Herrn Amerikaners‹ und die Abendfeier für eine solche zum Tode von Keiichi.«

Mir wollte das nicht in den Kopf. Doch ihre Gleichgültigkeit bei der Bestattung am Tage und ihre übergroße Traurigkeit am Abend waren vielleicht ohne diese Interpretation Sadayos unverständlich. Sadayo, die lange Jahre Mutter gepflegt hatte, war rein gefühlsmäßig zu dieser Auffassung gelangt. Ich wußte nicht, ob dies zutraf, aber in dem allgemeinen Durcheinander war ihr Herz nur von der Trauer um den Tod eines einzigen ihr lieben Menschen erfüllt. Wollte man von Trauer während dieser munteren Totenfeier sprechen, so war Mutters Trauer am stärksten.

Als ich am nächsten Tag aus meinem Schlafzimmer im ersten Stock die Treppe herunterkam, war Mutter bereits wieder im Hause ihres verstorbenen Bruders. Ich ging hinüber, um Mutter zu holen, und da saßen die beiden alten Frauen vor der Totentafel und weinten. Sie sahen wie Schwestern aus, die sich schon immer gut verstanden hatten.

Da meine Tante erschöpft war, wollte ich nicht, daß Mutter sie allzu oft aufsuchte, aber das war nicht in Mutters Sinn. Sobald sie sich unbeobachtet glaubte, schlüpfte sie aus dem Haus. Bisher hatte Keiichis Frau Mutter nicht unbedingt immer sehr herzlich willkommen geheißen, aber in ihrem Schmerz um ihren so plötzlich verstorbenen Mann konnte sie wohl sogar Mutter gut gebrauchen. So oft Mutter auch zu ihr hinüberging, sie wurde nie abgewiesen. War Mutter verschwunden, klagte Shigeko stets mit den gleichen Worten: »Ach, schon wieder ist sie im Haus des Amerikaners«, und fuhr dann meist so fort:

»Da sie schneller ist als ich, kann ich sie manchmal nicht einholen, wenn ich hinter ihr her laufe. Vorhin ist sie

unterwegs stehen geblieben und hat auf mich gewartet.«
Am zweiten Tag nach diesem Begräbnis bat ich meine Frau, sie möge aus Tôkyô herkommen. Ich selber kehrte nach Tôkyô zurück. Da ich an diesem Abend unbedingt an einer Versammlung teilnehmen mußte, fuhr ich vom Tôkyô-Bahnhof gleich dorthin, und es war fast Mitternacht, als ich nach Hause kam. Ich war kaum ins Haus getreten, da läutete das Telefon. Es war meine Frau.
»Mit Mutter ist etwas Schreckliches passiert!«
»Ist sie gestürzt?« fragte ich sofort.
»Sie war schon schlafen gegangen, aber behauptete dann plötzlich, du seiest verschwunden, sie habe dich neben sich schlafen gelegt. Sie stand auf und war, während ich glaubte, sie würde sich anziehen, mit einem Male weg! Sie war bereits aus dem Hause! Ich habe sie gleich zurückholen lassen.«
»Wie? Hat Mutter mich gemeint?«
»Ja, du scheinst für sie ein Baby geworden zu sein!«
»Lieber Himmel!«
»Nein, wirklich! Sie sagte, sie habe Yasushi doch zum Schlafen neben sich gelegt und jetzt sei er nicht mehr da. Sie war wie außer sich. Ich bin jedenfalls arg erschrocken. Plötzlich war sie verschwunden, und das mitten in der Nacht! Um dich zu suchen, wie sie erklärte!«
»Und wo war sie?«
»An der Wegkreuzung beim Eisenhändler, offenbar auf dem Weg nach Nagano.«
»Wer hat sie zurückgebracht?«
»Shigeko und Sadayo.«
Mir war, als sei ich am ganzen Körper zu Eis erstarrt. Ich sah den vom strahlenden Mondlicht überfluteten Weg zum Dorf Nagano deutlich vor meinen Augen. Auf der einen

Seite war ein um eine Stufe erhöhtes Reisfeld, auf der anderen befand sich ebenfalls ein Reisfeld, das jedoch stufenweise zu einer Schlucht abfiel. Im hellen Mondlicht eilte Mutter diesen Weg. Sie suchte mich, der ich ein Baby war.

»Ich lege jetzt auf«, sagte meine Frau. Ich erhob mich unruhig. Es drängte mich, irgendwohin zu gehen. Ich hatte das Gefühl, als müßte ich, wenn meine Mutter mich suchen gegangen war, nun meinerseits Mutter suchen. Ich wurde in Asahigawa auf Hokkaidô geboren, lebte aber nur drei Monate dort und fuhr dann mit Mutter in unsere Heimat. Beruhte dieses Verhalten meiner Mutter jetzt auf einer Halluzination, die mit jener Zeit zusammenhing, dann war ich ein Jahr alt und sie dreiundzwanzig?

In meiner Netzhaut spiegelte sich das Bild, wie meine junge, dreiundzwanzigjährige Mutter auf der Suche nach mir, ihrem Baby, diesen Weg entlanglief. Aber noch ein anderes Bild befand sich darauf. Ich, nun über sechzig Jahre alt geworden, suchte meine fünfundachtzigjährige Mutter und lief denselben Weg. Das eine Bild war irgendwie kühl und glänzte feucht, das andere hatte etwas Erschreckendes an sich. Beide Bilder überlagerten sich und verschmolzen zu einem. In dem einen Bild war ich ein Baby und Mutter dreiundzwanzig Jahre. Auf dem anderen war ich dreiundsechzig Jahre alt und meine Mutter besaß das Gesicht einer Fünfundachtzigjährigen. Das 40. Jahr Meiji und das 45. Jahr Shôwa wurden eins, und die dazwischenliegende Zeitspanne von sechzig Jahren schrumpfte in dem Glanz des Mondes zusammen und dehnte sich wieder aus. Die Kühle und das Erschreckende vereinten sich und wurde von dem scharfen Mondlicht wie durchbohrt.

Als ich mich wieder beruhigte, rief mich meine Frau noch einmal an, und ich erkannte, daß ich einer Halluzination erlegen war. Der vor mir aufgetauchte Weg zum Dorf Nagano war der Weg aus meiner Kinderzeit. Als ich noch in die Volksschule ging, lief ich sehr oft diesen Weg, um unten in dem Fluß zu schwimmen. Heute steht an diesem Weg eine Volksschule und es befindet sich dort auch der Weideplatz einer Molkerei. In allerletzter Zeit hat man, wie ich hörte, dort auch ein Schreibwarengeschäft eröffnet.
Nun war Mutter also, dachte ich, bis in ihr dreiundzwanzigstes Jahr zurückgegangen und lebte in dieser Welt. War sie dreiundzwanzig, mußte mein Onkel Keiichi neunzehn sein, und es war dies zwei Jahre vor seiner Auswanderung nach Amerika. Mutters Trauer über seinen Tod war vielleicht die Trauer der dreiundzwanzigjährigen älteren Schwester über den Tod ihres neunzehnjährigen Bruders.
Ich ging ans Telefon, um meiner Frau mitzuteilen, daß ich sofort kommen wolle. Es meldete sich zunächst Shigeko. Als ich fragte, wie es Mutter ginge, antwortete sie, sie habe ein Schlafmittel eingenommen und schlafe fest.
»Sie hat uns einen furchtbaren Schrecken eingejagt! Ihr Gesicht sieht aber jetzt im Schlaf wie das eines jungen Mädchens aus. Vielleicht kommt das von der Medizin – sie hat vorhin laut geschnarcht, aber jetzt schläft sie friedlich. Morgen früh wird sie sicher wieder in das Haus ›des Herrn Amerikaners‹ gehen.«

Die Schneedecke
(1974)

Die Jury für Verleihung des Literaturpreises N trat am Abend des 21. November in einem Restaurant in Shimbashi zusammen. Der Preis wurde dem bekannten Schriftsteller O zugesprochen. Anschließend saß man noch eine Weile gemütlich zusammen, aber ich brach bald auf. Ich fühlte mich etwas erkältet und sehnte mich außerdem danach, in meinem Arbeitszimmer zur Ruhe zu kommen. So fuhr ich mit einem Taxi nach Hause.

Im Wohnzimmer trank ich Tee und begab mich dann sofort in mein Arbeitszimmer. Dort war mein Schlafzeug schon ausgebreitet, doch ich fühlte mich nicht schläfrig und setzte mich an den Schreibtisch. Für die zwei Fortsetzungsromane, die in den Monatszeitschriften »Sekai« (Die Welt) und »Bungei shunjû« (Literatur-Jahre) erschienen, mußte ich möglichst bald den nächsten Abschnitt liefern, aber ich hatte mir schon vorgenommen, damit erst am folgenden Morgen zu beginnen. Zunächst hatte ich, in viel zu kurzer Zeit, eine kritische Stellungnahme zu der eben stattgefundenen Preisverteilung zu schreiben. Zugestanden waren mir insgesamt dreieinhalb Seiten. Schließlich hatte ich allein über die Werke des Preisträgers eine ganze Seite fertig. Ohne etwas über die anderen Novellen, die in die engere Wahl gezogen worden waren, niedergeschrieben zu haben, legte ich den Füller hin.

In diesem Augenblick rief meine Schwester Shigeko an, die mit Mutter zusammen in unserer Heimat lebte. Zunächst war meine Frau, Mitsu, ans Telefon gegangen, hatte aber dann das Gespräch sofort in mein Zimmer umgelegt. Der Zustand meiner Mutter hatte sich plötzlich verschlechtert, der eilig herbeigerufene Arzt hatte ihr eine intravenöse Injektion verabreicht. So lautete ihr Bericht. Sie fügte am Schluß noch hinzu, wir müßten wohl noch nicht das

Schlimmste befürchten, sie fühle sich aber doch beunruhigt.
Nach einer Stunde wolle sie noch einmal anrufen, um mich über die weitere Entwicklung auf dem laufenden zu halten. Dann hängte sie ein. Als ich auf die Uhr sah, war es nach neun.
Meine Mutter hatte das hohe Alter von neunundachtzig Jahren erreicht, und da sie im Februar geboren war, würde in drei Monaten ein weiteres Lebensjahr hinzukommen. Sie litt zwar an keiner bestimmten Krankheit, doch mußte sie sich aus allgemeiner Altersschwäche täglich wiederholt ausruhen. Da sie von kräftiger Konstitution war, glaubte ich für die nächsten Jahre, nichts Ernsthaftes befürchten zu müssen, nur wenn sie sich erkältete, war ich recht besorgt.
Nach diesem Telefonanruf glaubte ich das Äußerste befürchten zu müssen. Ich bat meine Frau, sich doch früher schlafen zu legen, ich wollte allein auf den nächsten Anruf warten. Um einhalb elf Uhr klingelte das Telefon erneut. Mutter schlafe zwar, sagte Shigeko, aber ihr Atem gehe schwer, und sie habe daher den Arzt gebeten, noch da zubleiben. Wenn Mutter die Nacht gut überstehe, sei die größte Gefahr überstanden, aber sie hege für diese Nacht doch die größten Besorgnisse. Shigeko schien gefaßt zu sein, nur ihre Stimme war anders als sonst, sie klang tief und leise.
Im Grunde konnte ich mir nicht vorstellen, daß mit Mutter etwas passieren würde, aber sagte trotzdem zu Shigeko, ich wolle morgen kommen. Dann legte ich den Hörer auf.
Ich begann sofort mit den Vorbereitungen zur Reise. Da ich nicht wußte, wieviele Tage ich bleiben würde, packte ich die Bücher ein, die ich für das Weiterschreiben der beiden Fortsetzungsromane brauchte. Und da in einem

Vorort von Numazu von einem guten Bekannten ein kleines Haus gebaut worden war, um dort meine Werke und vor allem die hierfür nötig gewesenen Materialien aufzubewahren, und diese »Ausstellung« am 25. dieses Monats eröffnet werden sollte, nahm ich auch den schwarzen doppelreihigen Anzug und die entsprechenden Hemden mit.
Um zehn vor zwei Uhr kam Shigekos dritter Anruf. Mutter sei eben gestorben. Dann hörte ich ein Schluchzen. Ich wartete, bis dieses nachließ, dankte ihr dann in etwas verändertem Ton dafür, daß sie Mutter so lange beigestanden hatte und fügte hinzu, Mutter sei glücklich gewesen, bei ihr und ihrem Mann die letzten Jahre verbracht zu haben, bei ihr, die sie ja mehr als die anderen Geschwister gepflegt habe. Das waren dankbare Worte des älteren Bruders gegenüber der jüngeren Schwester, doch auch Worte, die sie trösten sollten. Was nun erledigt werden müsse, geschehe nach meiner Ankunft in der Heimat morgen früh. Dann legte ich den Hörer auf.
Meiner Frau, die sich bereits in ihr Zimmer zurückgezogen hatte, aber noch nicht schlief, sagte ich, daß meine Mutter eben gestorben sei. Sie stand sofort auf. Ich wollte gerade wieder in mein Arbeitszimmer gehen, da klingelte das Telefon erneut. Es war meine jüngste Schwester Kuwako, die in Tôkyô lebte. Wir verabredeten, daß sie am nächsten Morgen um acht Uhr zu mir kommen solle, wir würden zusammen mit dem Wagen in die Heimat fahren.
Während ich im Wohnzimmer zusah, wie meine Frau ein Photo meiner Mutter auf den Buddha-Altar stellte und die Vorbereitungen zum Anzünden der Räucherkerzen traf, wurde mir schlagartig bewußt, daß meine Mutter nun tot war. Ich weiß nicht, wieviel Zeit vergangen war, als ich in meinem Zimmer das Telefon schon wieder klingeln hörte.

Es wurde ins Wohnzimmer umgestellt, ich nahm den Hörer ab und vernahm Shigekos Stimme. Morgen – es seien zwar nur mehr wenige Stunden bis dahin, doch jedenfalls morgen – sollte die Totenwache sein, und ursprünglich wäre für übermorgen die Trauerfeier vorgesehen, doch nach dem alten Kalender sei übermorgen ein »ungünstiger Tag«, und daher sollte man die Trauerfeier doch besser einen Tag später, also für den 24. festsetzen. Sie wolle sich nur vergewissern, ob ich damit einverstanden sei. Einige Verwandte, die sich am Totenbett von Mutter eingefunden hatten, hätten diese Bedenken geäußert und eben auch den erwähnten Vorschlag gemacht. Shigeko schien noch immer erregt zu sein, ihre Stimme klang aber etwas gefaßter als vorher. Ich erwiderte, ich könnte mir vorstellen, daß sie nun wohl kaum mehr schlafen könne, doch schlug ihr vor, sich mindestens etwas hinzulegen.

Nach diesem Telefongespräch beredete ich mit meiner Frau, was am folgenden Tag alles zu tun sei. Ich würde jedenfalls gleich morgens mit Kuwako zusammen abreisen. Meine Frau möge doch alles so weit vorbereiten, daß sie rechtzeitig zur Totenwache am nächsten Abend einträfe. Da wir ziemlich viel Gepäck brauchten, sollte einiges davon zur Sicherheit ins Auto gelegt werden. Ich legte mein Trauergewand in den Koffer, überließ alles andere meiner Frau, machte mir sodann ein Glas Whisky mit Eiswürfeln zurecht und zog mich damit in mein Arbeitszimmer zurück. Obgleich seit dem Augenblick, da meine Mutter gestorben war, noch gar nicht viel Zeit vergangen war, wurde in unseren Gedanken ihr Tod schon durch das nun notwendig gewordene Begräbnis ersetzt. Und meine überstürzte Reise war weniger eine Fahrt zu meiner toten Mutter als zur Erledigung ihres Begräbnisses.

Ich saß an meinem Tisch und trank hin und wieder einen Schluck Whisky. In dieser Nacht, in der mich die Nachricht von ihrem Tod erreicht hatte, sollte eigentlich ein Dialog stattfinden, wie es ihn zwischen Mutter und Kind nur einmal im Leben gibt, aber eine solche Stimmung stellte sich nicht ein. Meine Mutter hatte lange gelebt und war jetzt gestorben. Nun schlief sie, ohne an irgend etwas zu denken und ohne je wieder aufzuwachen. Still, mit geschlossenen Augen, lag sie da. Das war alles, was ich denken konnte. Als vor fünfzehn Jahren mein einundachtzigjähriger Vater starb, hatte ich hier, im gleichen Arbeitszimmer, die Nachricht von seinem Tod erhalten. Auch in jener Nacht saß ich wie jetzt an meinem Schreibtisch und wartete, daß der Morgen anbräche, doch damals war mein Herz mit Worten erfüllt, die ich als sein Sohn zu ihm, meinem Vater, hätte sagen sollen, solange er noch lebte, die ich aber nie gesprochen hatte. Jetzt nach dem Tod meiner Mutter war es nicht so. Mit ihr hatte ich alles immer genau beredet, mir war, als gäbe es nichts mehr, was ich ihr hätte sagen können.

Um halb neun erschien Kuwako. Als ich ihre Stimme hörte und aus meinem Arbeitszimmer herauskam, stand sie im Wohnzimmer und unterhielt sich mit meiner Frau. Ich ging auf sie zu, und sie berichtete, es sei mit Mutter unerwartet schnell zu Ende gegangen. Hätte sie das geahnt, wäre sie auf jeden Fall am letzten Sonntag zu ihr gefahren. Mit diesen Worten drückte sie ihre Trauer über Mutters Tod aus.

Ähnlich wie ich als ältester Sohn am vergangenen Abend Shigeko am Telefon dafür gedankt hatte, so lange Zeit für Mutter gesorgt zu haben, dankte ich nun auch Kuwako und setzte hinzu, daß sie durch ihre Opferbereitschaft auch mir geholfen habe. Kuwako meinte, es passe eigentlich ganz zu Mutter, überraschend schnell zu sterben, ohne lang krank darniederzuliegen. Dann führte sie ihre Finger an die Augen.

Nachdem ich mit Kuwako eilig gefrühstückt hatte, brachten wir das Gepäck auf den Vorplatz: in einem Koffer der europäische, dunkle Anzug für die Eröffnung der Bibliothek bzw. Ausstellung in Numazu und im anderen mein Trauergewand für die Bestattungsfeier. Meine schriftstellerischen Arbeiten mußte ich unter diesen Umständen ruhen lassen. Für die Eröffnung waren bereits viele Einladungen verschickt, und so konnte nichts mehr rückgängig gemacht werden. Die Bestattung sollte am 24., die Eröffnung am 25. stattfinden. Ich fand es äußerst schwierig, mich innerhalb so kurzer Frist von dem einen auf das andere umzustellen. Wer hätte denn geahnt, daß beide Termine nahezu zusammenfallen würden.

Es war fast zehn Uhr, als wir das Haus verließen. Wir fuhren auf die Tôkyô-Nagoya-Autobahn. Der Himmel war angenehm klar, der Fuji-Berg sah herrlich aus.

»Wenn man bedenkt, daß Mutter bald ihren neunzigsten Geburtstag hätte feiern können!« sagte Kuwako.

Wir Geschwister hatten uns über diese Geburtstagsfeier viel unterhalten, aber nun war Mutter vorher gestorben. Es war geplant, daß ich, meine Familie und auch Kuwako, überhaupt möglichst alle, an der Eröffnung am 25. teilnahmen und nachher zu Mutter in die Heimat fuhren, wo wir dann einige Tage blieben. Nun war es anders gekommen. Aber vielleicht hätte sich Mutter über unseren Besuch gar nicht so gefreut, wenn wir nach der Eröffnung gekommen wären.

»Ja«, sagte Kuwako, »so wie Mutter nun einmal war, hätte

sie vielleicht gesagt: ›Auf euern Besuch könnte ich auch verzichten, ihr kommt ja nur nebenbei zu mir!‹ Doch da nun alle zu ihrer Bestattung erscheinen, hätte sie wohl nichts gegen unsern Besuch. Sie würde sich freuen, wenn es bei ihrer Bestattung lebhaft zuginge, sie hatte es ja immer gern, wenn möglichst viel Leute zusammen kamen!«

Als wir uns Gotemba näherten, zog der Fuji erst rechts an uns vorbei, dann erschien er vor uns und schließlich zu unserer Linken. Vom Gipfel bis zum Fuß herunter lag er ohne ein Wölkchen da. Zum ersten Mal in meinem Leben habe ich ihn so gesehen.

Vor Numazu erhob sich der Fuji erst rechts und lag dann hinter uns. Der Himmel war blau und klar, und es schwebte eine schneeweiße Wolke vorbei, die aussah, als wäre sie aus dem Himmel herausgeschnitten. Ich war vorher von Mai bis Juni im Iran und in der Türkei gewesen, und in der südlichen Türkei hatte mich das Blau des Himmels und das Weiß der Wolken durch ihre Schönheit tief beeindruckt. Und nun erschienen mir der Himmel und die Wolken an diesem Tag, hier auf dieser Autobahn, wie der türkische Himmel und die türkischen Wolken von damals. Der Tag, an dem ich an das Totenbett meiner Mutter in die Heimat fuhr, war ein angenehm klarer Tag und paßte zu Mutter.

Ich habe in »Unter den Blüten« und »Der Glanz des Mondes« über meine Mutter berichtet, als sie achtzig und fünfundachtzig war. So hatte Mutter also weitere vier Jahre gelebt und war nun plötzlich gestorben. In den beiden ersten Jahren war sie stark gealtert, und wir hatten es wahrhaftig nicht leicht mit ihr, in den zwei Jahren danach sank zwar mit dem Verfall ihres Körpers auch ihr geistiger

Zustand weiter ab, aber gleichzeitig wurde sie unglaublich ruhig. Es war dies ein großer Segen für sie, und auch uns half das ein wenig.

Im »Der Glanz des Mondes« habe ich geschildert, wie Mutter in die Vergangenheit zurückschreitend, ihre siebziger, sechziger und fünfziger Jahre aus ihrer Erinnerung verlor und schließlich in ihren zehner Jahren lebte. Ein Jahr nach der Veröffentlichung dieses Stücks ist Mutter in Tôkyô gewesen und sie hat zwanzig Tage in meinem Hause verbracht. Shigeko hatte wieder irgend etwas Unaufschiebbares zu erledigen, und so nahm ich Mutter erneut zu mir.

Es war gerade die kalte Jahreszeit, und ich wartete ab, bis die Kälte ein wenig nachgelassen hatte, dann fuhren meine Frau, Mitsu, und unsere jüngste Tochter, Yoshiko, die im letzten Jahr die Universität absolviert hatte, zu Mutter in die Heimat. Die beiden Frauen übernachteten dort und kehrten am Tag darauf mit Mutter nach Tôkyô zurück.

Als Mutter ihre Heimat verließ, war sie in guter Stimmung, sie verabschiedete sich von den Nachbarn mit den Worten, sie würde nur für kurze Zeit abwesend sein und stieg dann in den Wagen. Sie genoß unterwegs ganz offensichtlich die kalte Winterlandschaft zu beiden Seiten der Straße. Doch als sie in Tôkyô ankam und sich im Wohnzimmer etwas ausgeruht hatte, fing sie – es war noch keine Stunde vergangen – schon wieder damit an, sie möchte zurück in die Heimat. Das wiederholte sie die ganzen zwanzig Tage, die sie in Tôkyô bei uns verbrachte.

Das äußerte sie an den Vormittagen, vielleicht weil da ihr Kopf noch ausgeruht war, auf einigermaßen sanfte Art und sagte etwa, als sei dies das Natürlichste der Welt, sie wolle sich heute abend von uns allen verabschieden, oder sie

fühle sich zwar sehr wohl bei uns, aber sie mache sich um die Heimat Sorge. Vom Nachmittag bis zum späten Abend dachte sie fortgesetzt nur an eine möglichst baldige Rückkehr. In ihrem Herzen tobte es geradezu. Ständig mußte jemand auf sie achtgeben. Wandte man auch nur kurz die Augen von ihr, ergriff sie schnell ihren Handkoffer und stieg hinunter auf den Vorplatz. So viel und begütigend man auch auf sie einredete, sie nahm nichts an, und wollte man ihr freundlich auf die Schulter klopfen, wurde sie wütend, als täte man ihr Gewalt an. Am nachgiebigsten war sie mir gegenüber, aber sobald sie nachmittags außer sich geraten war, hörte sie auch auf mich nicht mehr. Es war höchst zweifelhaft, ob sie in solchen Augenblicken überhaupt wußte, daß ich ihr Sohn war.
Ging ein solcher Tag schließlich zu Ende und begann es zu dämmern, beruhigte sie sich allmählich. Vielleicht dachte sie auch, es sei ja rein zeitlich kaum mehr möglich zurückzukehren, oder aber die Aufregung tagsüber hatte sie allzu sehr erschöpft, jedenfalls entspannte sich ihre Miene, als sei ein böser Geist von ihr gewichen. Sie ging, trotz der Kälte, in den Garten hinaus oder schaute in mein Arbeitszimmer herein, stieg unerwartet folgsam ins Bad und aß nachher mit der ganzen Familie zu Abend. Sagte eines der Kinder etwa:
»Großmutter, das war ja heute ein anstrengender Tag für dich!«, antwortete sie:
»Oh, nein. Eher für euch! Ich habe euch sicher sehr angestrengt.«
Aber auch dann vergaß sie nicht, von ihrer Rückkehr in die Heimat zu sprechen. Sie sagte etwa: »Wenn ich morgen mit dem ersten Zug abfahre, braucht mich wirklich niemand an die Bahn zu bringen!« oder »Ich will mich schon

heute abend verabschieden!« oder »Morgen in der Heimat werden mich schon viele ungeduldig erwarten!«
Und fragte meine Frau dann: »Was? So viele? Wer wartet denn?«, gab sie zur Antwort:
»Dort ist eben alles anders als hier. Eine Menge Leute sind bei der Arbeit, der Garten ist riesengroß, und da frisches Quellwasser ins Bad fließt, kann ich unbesorgt hinein.«
So boshaft redete sie manchmal mit uns. Als dann Yoshiko meinte:
»Das ist ja ein herrliches Haus dort! Das Haus von Großmutter!«, erklärte sie besänftigt:
»Komm doch das nächste Mal mit. Es gibt da viele Obstbäume. Die Küche ist viel größer als hier, und es gibt zwei Brunnen!«
Bei diesen Worten leuchtete aus ihrem Gesicht der Stolz des kleinen Mädchens auf ihr Heimathaus.
Nach dem Abendessen legte Mutter ein Sitzkissen auf den Teppich im Wohnzimmer und saß zwei Stunden lang darauf. Sie hörte zu, wie sich die anderen um sie herum unterhielten oder sie versenkte sich in ihre eigene Welt. Mit der Zeit aber wurde sie schläfrig, manchmal nickte sie im Sitzen sogar ein, doch sobald sie das merkte, langte sie beschämt mit einer Hand nach ihrem Kimonokragen. Wenn Yoshiko das sah, erhob sie sich schnell und sagte zu Mutter:
»Oh, jetzt ist Zeit zum Schlafen!«, und sie ergriff Mutters Hand. Wenn Mutter sich sträubte, bat Yoshiko: »Bitte, komm mit! Jetzt ist doch die Zeit zum Schlafengehen!«
Yoshiko half Mutter geschickt beim Aufstehen und führte sie, wobei sie Mutter fast unter die Arme nahm, über die Stufen in den ersten Stock. Mutter ins Bett zu bringen, war Yoshikos tägliche Aufgabe, sie allein besaß das hierfür

nötige Geschick. Versuchten es andere, ergaben sich tausend Schwierigkeiten, doch Yoshiko gegenüber war Mutter nachgiebig. An den Nachmittagen fügte sich Mutter aber auch ihr nicht, sie war eher zurückweisend. War die Schlafenszeit da, fügte sie sich ihr jedoch brav. Ich hatte noch nie mitangesehen, wie sie Mutter zu Bett brachte, aber hin und wieder erzählte Yoshiko von ihren Erfolgen und Mißerfolgen dabei.

»Ich gehe ganz schnell vor: ich helfe ihr beim Ablegen des Kimono, reiche ihr das Nachtgewand, bette Großmutter in das Futon, drücke den Rand der Decke unter leichtem Klopfen an ihre Schultern, lege ihr dann Papiertaschentücher, Geldbörse und Taschenlampe zurecht. All das zeige ich ihr noch einmal, sage, da liegt das also, da, neben deinem Kopfkissen, und am Schluß drücke ich noch einmal den Rand der Decke unter leichtem Klopfen an ihre Schultern. Sonst kommt sie nicht zur Ruhe. Ist das erledigt, gehe ich auf den Korridor, drehe das Licht in ihrem Zimmer ab, so daß es im Dunkel liegt und bleibe noch eine Weile stehen. Ist sie nach zwei, drei Minuten noch nicht aufgestanden, bin ich beruhigt.«

So brachte also Yoshiko jeden Abend Mutter zu Bett. Ich höre immer gern zu, wenn sie uns davon erzählt. In meinen Augen waren Großmutter und Enkelin ganz vertraut beisammen. Eines Tages aber sagte uns Yoshiko:

»Stellt euch vor, für wen Großmutter mich hält! Sie glaubt, ich sei das Dienstmädchen! Ja, wirklich! Und außerdem hält sie mich für ziemlich alt. Einmal ist sie zu mir beschwichtigend freundlich und ein andermal wütend. Gestern abend war sie furchtbar schwierig und sagte zu mir schließlich: ›S, – ich danke dir für deine Mühe. Du darfst jetzt auch schlafengehen!‹«

Nach unserer Meinung löschte Mutter gewissermaßen mit einem Radiergummi die lange Linie ihres achtzigjährigen Lebens allmählich aus und kehrte zu ihren zehner Jahren oder zu dem Anfang ihrer zwanziger Jahre zurück. Wir waren all die Zeit davon überzeugt, daß es so sei und wenn ich sie, seitdem sie wieder bei uns in Tôkyô war, genauer betrachtete, fiel es in der Tat schwer, sie für eine Frau von über achtzig Jahren zu halten. Quälte sie die Sehnsucht nach der Heimat, war sie in Wort und Tat sehr geschickt. War sie milde gestimmt, schien sie in ihre zehner und ersten zwanziger Jahre zurückzukehren, aber sobald diese Sanftmut schwand, trat viel von der weltlichen Klugheit zutage, die sie im Laufe ihres Lebens erworben hatte.

Die wichtigste Veränderung, die ich bei Mutter wahrnahm, war, daß sie früher viel von zwei jungen Leuten, Shumma und Takenori, in die sie als Zehnjährige verliebt gewesen war, erzählt hatte und von den Kindern deswegen aufgezogen wurde, doch nun, wenn keiner davon anfing, von sich aus nie mehr darauf zu sprechen kam. Der Altersprozeß war weiter fortgeschritten, und die Gestalten der beiden Jungen waren in ihrem Gedächtnis wie erloschen.

Als ich nun von Yoshiko hörte, daß Mutter sie offenbar als älteres Dienstmädchen betrachtete, hatte ich das Gefühl, daß sie, in solchen milden Stimmungen in ihre Kindheit zurückgekehrt sei, in die Zeit, als sie bei ihrem Großvater tun und lassen konnte, was sie wollte.

Sie war mit fünf, sechs Jahren zu ihrem Großvater, Seiji, gekommen, der in Mishima und auch in ihrer Heimat eine Klinik besaß und als praktischer Arzt ein bequemes Leben führte. Da er selber keine Kinder besaß, adoptierte er, damit sein Stammbaum nicht erlösche, ein Ehepaar, und als dessen Tochter war Mutter geboren worden. Er verwöhnte sie maßlos, nahm sie schließlich ihren Eltern weg und zog sie in seiner Klinik in der Heimat auf. Er wollte sie schon früh eine Zweigfamilie gründen lassen und sie mit jemandem verheiraten, der seine Arztpraxis später übernahm. Tatsächlich kam es dann auch so. Mutter wuchs jedenfalls dank der übergroßen Liebe Großvaters zu ihr in Verhältnissen auf, die wohl als ein wenig wunderlich bezeichnet werden mußten. Was zu ihren Erbanlagen hinzutrat, war ein Produkt jener Jahre. Sie war aber später, falls sie nicht stets im Mittelpunkt stand, unzufrieden. Von hoher Selbstachtung durchdrungen, fand sie es ganz natürlich, von anderen bedient zu werden. Doch der ihr von der Natur mitgegebene Teil ihres Charakters war völlig anders. Sie besaß echtes und starkes Mitgefühl, und war äußerst gewissenhaft und kooperativ. Von diesen Widersprüchen wurde sie während ihres ganzen Lebens beherrscht. Manchen erschien sie weich und freundlich, anderen aber hart, ja böse. Auf einige wirkte sie eigensinnig und egoistisch, so als betrachtete sie sich als das Maß aller Dinge, auf andere machte sie einen heiteren und geselligen Eindruck. Nur ihr ausgeprägter Sinn für Selbstachtung fiel allen gleichermaßen auf.

Mir kam es vor, als sei sie nun noch weiter in ihre Kindheit zurückgegangen, wo sie bei Großvater Seiji in Überfluß und Freiheit aufgewachsen war. Ich weiß nicht, ob Mutter sich jetzt in ihrem fünften, sechsten oder siebenten Lebensjahr befand. Wenn es sich anders verhielt, müßte ich fortan damit rechnen, daß sie noch kindlicher, unberechenbarer und eigensinniger werden würde. Mir war es angenehmer, wenn ihre Senilität sie in ihre Kindheit als in ein anderes Lebensalter versetzte. Für Mutter waren diese Kinderjahre vielleicht die glücklichsten ihres Lebens gewesen und außerdem würde, wenn sie wie damals empfinden konnte, die Melancholie, die sie manchmal überkam, von ihr weichen. Tagsüber wurde Mutter oft von Schwermut geplagt, die auch die Herzen aller Menschen, die um sie waren, verdüsterte. Wenigstens für abends, wenn sie schlafen ging, wünschte ich mir, daß ihr Geist in die Kindheit zurückkehrte, wo sie zwar hochmütig und eigensinnig war, doch von vielen gern und vorzüglich versorgt wurde.

Aber eines Tages geschah etwas, was meine Erwartungen von Grund auf zerstörte. Es war etwa ein halber Monat vergangen, seit sie nach Tôkyô gekommen war, da erschien sie plötzlich zu vorgerückter Nachtstunde in meinem Arbeitszimmer. Sie war in ihr Nachtgewand gehüllt, hatte ihre Taschenlampe in der Hand, äugte zu mir herein und wollte, als sie mich am Schreibtisch sah, wortlos wieder umkehren. Ich rief ihr etwas zu, aber sie wandte sich nur flüchtig um und gab keine Antwort. Sicher ist sie schlaftrunken, dachte ich. Ich führte sie gleich wieder in ihr Schlafzimmer im ersten Stock zurück und wollte sie zu Bett bringen, aber damit war Mutter nicht einverstanden sondern wankte irgendwohin. Da ich einsah, daß ich mit ihr nicht zurechtkommen würde, weckte ich Yoshiko, die auf der anderen Seite des Korridors schlief. Durch den Lärm wachten auch ihre beiden Brüder auf und kamen hinzu. Trotz der vorgerückten Nachtstunde versammelten wir uns um Mutter und hielten Familienrat.

»Heute nacht ist Großmutter also bei dir gewesen«, sagte mein zweitältester Sohn. »Gestern nacht kam sie zu mir. Ich bin sehr erschrocken, als ich plötzlich von einer Taschenlampe angeleuchtet wurde. Ich zitterte fast vor Angst.«

»Bei mir war sie schon ziemlich oft«, sagte mein Ältester.

»Sobald Großmutter aufwacht, kommt sie mit Sicherheit zuerst in mein Zimmer, denn das liegt neben dem ihren. Anfangs hielt ich es für möglich, daß sie sich auf dem Weg zur Toilette verlaufen hatte, aber das stimmte nicht. Denn wenn sie mein Zimmer verlassen hat, geht sie geradewegs zur Toilette, kehrt dann in ihr Zimmer zurück und schläft wieder ein. Sie kommt also auf ihrem Weg zur Toilette in mein Zimmer.«

»Vielleicht ist sie beunruhigt, ob du wirklich da bist!« meinte Yoshiko, aber mein Ältester erwiderte:

»Wie kommst du denn auf so etwas? Ich stehe immer früh auf, weil ich zur Arbeit muß, gehe also auch zeitig zu Bett. Ist Großmutter denn nicht auch bei dir gewesen?«

»Ja, einmal. Aber dann nicht wieder.«

»Vielleicht weißt du nur deshalb nichts davon, weil du schläfst«, gab mein Zweitältester zu bedenken.

Dann unterhielten sich die Kinder darüber, ob ihre Großmutter dies vielleicht im Halbschlaf tat oder nachtwandelte oder gar an Halluzinationen litte. Sie tauschten die verschiedensten Mutmaßungen aus.

»Es ist jedenfalls«, sagte mein Ältester, »nicht auszuhalten, daß ich mitten in der Nacht von Großmutter aufgeweckt werde. Neulich ist ihr die Taschenlampe auf den Boden gefallen. Wir haben dann gesucht, konnten sie lange nicht finden, bis ich sie schließlich unter meinem Bett entdeckte. Sogar die Taschenlampe hat also angefangen, sich nachts im Hause herumzutreiben.

»Na, so etwas!« ließ sich plötzlich die Stimme meiner Mutter vernehmen, und alle blickten zu ihr hin. »Wie kann denn eine Taschenlampe sich plötzlich herumtreiben?«

Mutter saß in einem gefütterten, weiten Kimono, den ihr Yoshiko angezogen hatte, auf dem Futon. Sie hatte ganz und gar vergessen, daß sie die Treppe heruntergekommen war und machte ein Gesicht, dem man es deutlich ansah, wie überrascht sie von all dem war und wie unerfreulich sie es fand, Gegenstand unserer Unterhaltung geworden zu sein. Aber sie hatte offenbar begriffen, was mein ältester Sohn gesagt hatte und mischte sich nun, da ihr das alles zu komisch vorkam, in unser Gespräch ein. Ihr Gesichtsausdruck war entspannt und heiter, ganz anders als eben noch, wo sie geistesabwesend vor sich hin gestarrt hatte. Um ihre Lippen spielte ein mädchenhaftes, unschuldiges Lächeln. Alle schauten bestürzt drein. Yoshiko brachte Mutter zu Bett, und auch ich und die anderen suchten unsere Zimmer wieder auf. Es war, als habe Mutter den Befehl gegeben, die Versammlung aufzulösen.

Nach einigen Tagen, wiederum zu später Nachtstunde, kam Mutter wiederum in mein Zimmer. Auch diesmal saß ich an meinem Schreibtisch. Plötzlich hörte ich ihre Schritte auf dem Teppich des angrenzenden Empfangszimmers. Ich erhob mich sofort und blickte in das Zimmer hinüber. Die auf den Flur führende Tür war halb geöffnet, und ich sah, weil das Licht auf der Treppe noch brannte, die vagen Konturen der dort stehenden Möbel, doch das Empfangszimmer lag im Dunkel. Und mitten in diesem Dunkel stand Mutter mit der Taschenlampe in der Hand und hinter ihr im blauen Nachtmantel Yoshiko, die sehr erschöpft wirkte.

»Oh, Gespenster!« rief ich unwillkürlich leise aus. Tatsächlich sahen die beiden Gestalten in der Mitte des europäisch eingerichteten Zimmers wie Geister aus. Ich hatte bei meiner Reise nach China, im Shang-Theater das Stück »Leidenschaftliche Liebe« gesehen und darin waren der Drachenkönig, die ihn begleitenden Zwerge und eine Frau, die Heldin des Stücks, auf den Wolken reitend, den Yangtsekiang entlang zur Hauptstadt geflogen. Daß Mutter im Licht ihrer Taschenlampe die Türe zu meinem Zimmer suchte, erinnerte mich an die Szene in dem Theaterstück, wo die Zwerge mit der Spitze eines langen Stabs Phosphor in Brand setzten, um so in dessen Lichtschein in die Unterwelt hinabzuspähen. Vielleicht sah Yoshiko wegen der blauen Farbe ihres Gewandes aus wie jene Frau, die sich in einen Geist verwandelt hatte.

»Oh, das ist ja wirklich zum Fürchten!« sagte ich zu Yoshiko.

»Ich bin durch Großmutter mitten aus dem Schlaf gerissen worden und bin so müde! Zunächst glaubte ich, sie wollte zu mir ins Zimmer, doch sie ging die Treppe hinunter. Man kann sie nicht einfach so gewähren lassen. Es ist zu gefährlich!« Und sie fügte hinzu: »Sie sah zuerst in Mutters Zimmer hinein und dann kam sie hierher . . .«

»Vielleicht suchte sie jemand?«

»Das halte ich für unwahrscheinlich. Vielleicht hat sie sich einsam gefühlt. Es könnte ja sein, daß sie beim Aufwachen fürchtet, nicht zu Hause in ihrem Zimmer zu liegen. ›Hier ist es nicht‹, denkt sie dann, ›und auch hier nicht.‹ So sucht sie ein Zimmer nach dem anderen auf.«

Nachdem ich Mutter und Yoshiko in den ersten Stock hinaufbegleitet hatte und noch keine Lust zum Schlafen hatte, begab ich mich mit einer Whisky-Flasche in mein Arbeitszimmer. Ich überlegte, was meine senile Mutter in tiefer Nacht zu einem solchen Tun veranlaßt hatte. Möglicherweise suchte sie, wie Yoshiko vermutet hatte, nach ihrem Schlafzimmer zu Hause. Vielleicht irrte ihr Herz, das in die Kindheit zurückgekehrt war, auf der Suche nach irgend etwas umher. Sie war jetzt nicht mehr das hochmütige, junge Mädchen, für das ich sie noch vor einigen Tagen gehalten hatte. Jetzt erkannte ich die Gestalt meiner einsamen, in die Dunkelheit verstoßenen Mutter. Ihr Verhalten mit Halluzinationen oder Schlafwandeln zu erklären, befriedigte mich nicht. Mir erschien es fast sicher, daß sie von irgendeiner festen, alles durchdringenden Idee getrieben wurde. Und dieses Problem erfaßte mich immer aufs neue, sobald ich Mutter sah oder an sie dachte.

Am zwanzigsten Tag endete schließlich Mutters Aufenthalt in Tôkyô. Als ich sie herbrachte, hatte ich gehofft, sie wenigstens einen Monat bei mir zu behalten, aber nun fand ich es nicht länger mehr zu verantworten, sie weiter in Tôkyô zu lassen. Ich bat Shigeko, es irgendwie einzurichten, und so brach Mutter ihren Aufenthalt in Tôkyô früher als vorgesehen ab. Bis zum Morgen ihrer Abreise sagte ich ihr nichts von dieser Rückkehr. Als einige Tage vorher der Pflaumenbaum vor meinem Arbeitszimmer weiße Blüten angesetzt hatte, erzählte sie mir – wohl von diesem Bild angeregt – immerzu von den Pflaumenbäumen in ihrer Heimat. »Hinter dem Speicherhaus steht ein ganzer Wald von diesen Bäumen. Es gibt dort rote und weiße Pflaumenblüten. Gerade jetzt blühten sie alle gleichzeitig auf. Das muß herrlich sein!« Da sie alles, was sie sagte, sofort wieder vergessen hatte, wiederholte sie auch dies mehrere Male. Dabei gab es in ihrer Heimat überhaupt nichts, was nur entfernt als ein Wald von Pflaumenbäumen bezeichnet werden könnte. Bis zum Beginn der Taishô-Ära standen dort zwar garnicht so wenige Pflaumenbäume, aber jetzt sind davon nur noch einige übrig, auch der Speicher ist verschwunden.

So also sollte Mutter in ihr Heimathaus zurückkehren, wo es, nach ihrer Erinnerung, den Wald von Pflaumenbäumen gab. Ich und Kuwako, die schon abends gekommen war und bei uns übernachtet hatte, begleiteten sie. Da wir vormittags fuhren und Mutter daher verhältnismäßig klar im Kopf war, hatte sie gute Laune. Auf Kuwakos Frage, ob sie denn wisse, wohin die Fahrt gehe, antwortete sie, sie habe keine Ahnung, es sei wirklich schrecklich, nicht klar im Kopf zu sein, aber es wäre ja möglich, daß wir sie in die Heimat zurückbrächten. Dabei lachte sie hell auf. Weder Kuwako noch ich wußten genau, ob sie es nicht wußte oder nur so tat.

Als wir ankamen, schien sie sehr glücklich zu sein und wanderte durch das ganze Haus, aber als wir nach dem Mittagessen in den Garten gingen, war ihr schon nicht mehr bewußt, daß wir sie heute aus Tôkyô hierher gefahren hatten. In dem ziemlich verwahrlosten Garten standen hier und dort ein paar Pflaumenbäume, und man sah an ihnen rote und weiße Blüten, doch waren diese Bäume schon recht alt, sie trugen nur wenige Blüten an den Zweigen, und das Rot und Weiß war nicht frisch und hell. Nun also schritt Mutter durch den Garten ihres Hauses, nach dem sie sich in Tôkyô sehr gesehnt hatte. Es war natürlich der gleiche Garten wie in ihrer Jugend, aber er unterschied sich sehr von dem, wie sie ihn uns in Tôkyô geschildert hatte. Sie hatte diesen Garten so gerühmt und ihre Rückkehr zu ihm leidenschaftlich gewünscht, aber nun sah doch alles anders aus. Als ich zu ihr sagte, sie habe von den vielen Pflaumenblüten geschwärmt, ob denn dieser Pflaumenwald jetzt verschwunden sei, meinte sie: »Ja, du hast schon recht. Jetzt ist es damit vorbei!« Die Art, wie sie das sagte, ging mir zu Herzen. Ich vermochte nicht zu entscheiden, was daran echt war, doch aus ihren Worten sprach irgend etwas, das sich noch in diesem heruntergekommenen Garten befand und nach der weit zurückliegenden Blütezeit dieses Hauses sehnte.

In der gleichen Nacht erzählte ich Shigeko und ihrem Mann Einzelheiten über Mutters Verhalten in Tôkyô. Dabei erwähnte ich auch ihr nächtliches Umherstreifen im ganzen Hause.

»Hier ist es genau so!« erklärte Shigeko. »Kommt sie in einer Nacht nur einmal, so heißt das, daß sie sich Zurückhaltung auferlegt. Sie steht hier nachts zweimal, ja dreimal auf, schaut in unsere Zimmer herein, geht dann in die Küche, durch die Kleiderkammer und kehrt über den Korridor in ihr Schlafzimmer zurück.«

Dann stimmte also Yoshikos Hypothese nicht, Mutter suche in Tôkyô das Schlafzimmer, in dem sie ihre Jugend verbracht hatte. Unser Gespräch kreiste nunmehr um das Problem, warum Mutter in der Nacht so ruhelos durch das Haus wanderte.

»Ja, warum wohl?« sagte Shigeko. »Früher hat es das bei ihr nicht gegeben. Es ist etwa seit einem Jahre so ... Anfangs dachte ich, sie sei besorgt, ob ihre Türe auch richtig abgeschlossen sei, aber das schien dann doch nicht der eigentliche Grund zu sein. Neuerdings halte ich es eher für möglich, daß sie, da sie nun wieder zum Kind geworden ist, ihre Mutter sucht. Sie schaut in mein Zimmer herein und blickt mir ins Gesicht, aber dann denkt sie, nein, du bist es nicht, und sie wendet ihre Augen ab und geht hinaus. So war das doch wohl auch in Tôkyô? Kinder, die verzweifelt nach ihren Eltern suchen, haben einen solchen Blick.«

Auch ich war solchen Augen begegnet, als sie zweimal in tiefer Nacht bei mir erschien. Obwohl sie mich ansah, hatte ich nicht das Gefühl, daß sie mich wahrnahm. Ihr

Blick streifte mich nur und gab mich im nächsten Augenblick schon auf. Als ich jetzt von Shigeko hörte, daß Mutters Augen dann wie die eines Kindes aussahen, das nach seiner Mutter sucht, hielt ich dies für durchaus möglich.
»Ich bin da anderer Ansicht«, erklärte Shigekos Mann, Akio. »Ich glaube eher, daß hier eine Mutter ihr Kind sucht. Erinnert ihr euch noch, wie Mutter einmal in großer Aufregung aus dem Haus stürzte und behauptete, du seiest verschwunden? Seit diesem Vorfall geht sie nachts im Hause ruhelos umher. Vielleicht sucht sie nach ihrem Kind? Da sie damals ausdrücklich deinen Namen rief, hat sie vielleicht dich – als Baby – gesucht! Das wäre doch möglich. Aber jetzt ist es, glaube ich, anders. Vielleicht sucht sie nicht ein bestimmtes sondern irgendein Kind. Wie eine Katzenmutter, die eines ihrer Katzenkinder sucht. Mir scheint das wahrscheinlicher. Wenn Kinder nach ihrer Mutter suchen, erfüllt das jedermann mit Mitleid. Aber Mutters Verhalten kommt mir eher unheimlich vor. Es sieht wirklich so aus, als suche da eine Mutter ihr Kind.«
Akio war wohl zu dieser Auffassung gelangt, da er Tag für Tag mit Mutter zusammen war. Shigeko aber widersprach: »Ich finde Mutters Verhalten nicht unheimlich, sie tut mir von Herzen leid! Wenn ich sie so ruhelos im Hause umherstreichen sehe, bewegt mich vor allem Mitleid! Mir erscheint es wahrscheinlicher, daß sie, wieder zum Kind geworden, nach der Mutter sucht. Sollten beide Auslegungen möglich sein, so ziehe ich persönlich diese vor.«
»Ja«, meinte Kuwako, »uns brächte es jedenfalls manche Erleichterung, wenn Mutter wieder zu einem Kind geworden ist. Aber wer weiß, wie es sich in Wirklichkeit verhält?

Ob sie, wieder Kind geworden, die Mutter sucht, oder als Mutter ihr Kind sucht? Es gibt da keine andere Möglichkeit, als sie selber zu fragen.«

»Das würde«, antwortete Shigeko, »kaum etwas helfen, denn Mutter weiß es ja selber nicht. Sie wird uns sagen: ›Davon weiß ich nichts. Das habe ich nicht getan!‹«

Dabei ahmte Shigeko Mutters Stimme nach.

»Natürlich«, sagte Kuwako, »Mutter weiß es nicht. Sie handelt ganz unbewußt. Ich könnte mir denken, daß ihre Seele den Körper verlassen hat und nun umherschweift. Gestern in Tôkyô ist Mutter, in deren Zimmer ich ja schlief, nachts aufgestanden, und ich dachte mir, einmal könnte ich sie ja begleiten und ging also mit ihr. Sie machte den Eindruck, als schweifte nur ihre Seele durchs Haus, während sie so dahin wanderte. Sie wird von irgend etwas getrieben, ja, gezwungen, ohne daß sie es weiß!«

»Hör auf, hör auf!« rief Shigeko. »Das ist mir nun wirklich zu unheimlich!«

Kuwako pflichtete ihr bei. »Gut, lassen wir das. So ein Gespräch macht einen nur traurig. Mutter tut mir jedenfalls furchtbar leid.«

Offenbar fühlten wir alle wie Kuwako und so ließen wir von diesem Thema ab. Als Kuwako bemerkte, sie werde den Eindruck nicht los, Mutters Seele werde durch irgend etwas zu diesem Verhalten getrieben, wollte ich darauf antworten, daß es sich vielleicht – falls es überhaupt etwas gab, was Mutter antrieb! – um den Instinkt handle, doch ich verzichtete auf diese Bemerkung, weil unsere Unterhaltung bestimmt uns alle bedrückt hätte.

Es war schon möglich, daß, wie Shigeko meinte, Mutter vielleicht selbst, zum Kind geworden, die eigene Mutter suchte oder daß sie, wie Akio vermutete, zur jungen

Mutter geworden war, die ihr Kind suchte. Aber es war doch auch denkbar, daß die junge Mutter auf der Suche nach etwas anderem umherirrte. Fest stand jedenfalls, daß, wie Kuwako bemerkte, Mutter ja selber nicht Bescheid über sich wußte und sie in völligem Unwissen über sich handelte. Fragt man nun aber, was denn das, was Mutter in ständiger Bewegung hielt, eigentlich sei, so war nicht auszuschließen, daß es der Instinkt oder etwas Ähnliches sei. Suchte nun die Mutter das Kind oder das Kind die Mutter, getrieben wurde sie von einer Kraft, die Mutter seit ihrer Geburt besaß, die sie trotz ihres Altersverfalls auch heute nicht verloren hatte und die Mutter zu ihrem seltsamen Verhalten zwang. Folgte man dieser Annahme, so war – mochte auch die wahre Natur dieses Etwas unbekannt bleiben – Mutters nächtliches Tun nicht ganz so rätselhaft.
Vor einigen Jahren waren unserer Mutter andere Menschen ziemlich gleichgültig gewesen, aber bei der Trennung von ihr nahestehenden Menschen schien sie doch bewegt zu sein, aber jetzt war sie offensichtlich nicht einmal dazu mehr imstande. Ihre Senilität war weiter fortgeschritten. Vielleicht flackerte in ihrem Herzen nur mehr die blaue Flamme des Instinkts. Das war leicht möglich. Und doch schmerzte es mich sehr, mir meine Mutter so vorstellen zu müssen. Dies war der Grund, warum wir Geschwister uns plötzlich nicht mehr über Mutters Eigenarten unterhalten wollten. Nicht nur ich, auch Shigeko und Kuwako sahen Mutter jetzt in diesem Licht.
In jener Nacht schlief Mutter – vielleicht weil sie nach langer Zeit wieder in ihrem Heimathause war oder sie nicht mehr von ihrer Sehnsucht, dorthin zurückzukehren, geplagt wurde – erstaunlicherweise, ohne zu später Nachtstunde aufzuwachen.

Von Shigeko kam ein Brief. Ihre zweitälteste Tochter stehe kurz vor der Niederkunft, und sie wollte sie, zumal es ihr erstes Kind sei, zu sich nehmen. Da sie aber nicht gleichzeitig auch für Mutter sorgen könne, bäte sie mich, Mutter für etwa zwanzig Tage aufzunehmen. Dies geschah eineinviertel Jahr, nachdem mir die oben erwähnte Vermutung gekommen war, es brenne in Mutter vielleicht die blau flackernde Flamme des Instinkts. Es war also im Juni des darauffolgenden Jahres. Bis dahin war ich öfter in die Heimat gefahren, aber Mutters Zustand blieb unverändert. Hin und wieder war ihr Kopf sehr klar, doch manchmal wie zerstört. Nach wie vor wanderte sie zu später Stunde in dem alten Hause hin und her. Akio und Shigeko hatten es aufgegeben viel zu spekulieren, ob hier ein Kind die Mutter oder eine Mutter ihr Kind suche. Shigeko fand es schrecklich, selber einmal so senil zu werden und sie fürchtete, sie als Tochter dieser Mutter erwarte das gleiche Schicksal.

Mitte Juni holte ich mit meiner Frau Mutter ab. Wir blieben zwei Nächte und wollten ihren Zustand selber beobachten sowie von Shigeko und ihrem Mann Einzelheiten hören. Einigermaßen orientiert, fuhren wir am Morgen des dritten Tages ab. Mutter saß zwischen mir und meiner Frau in der Mitte des Rücksitzes. Sie klagte zwar in keiner Weise, daß sie sich nicht gut fühle, aber sie sah kleiner, fast in sich zusammengefallen aus und wirkte zerbrechlich. Wir fuhren den Kamo-Fluß entlang, kamen nach Mishima, bogen vom Autokreuz Numazu in die Tôkyô-Nagoya-Autobahn ein. Wir machten sowohl beim Autokreuz wie auch auf der Autobahn nahe Atsugi kurze Rast in dem dort befindlichen Gasthaus. Während wir in einer Ecke des gähnend leeren Speiseraums saßen, fiel mir erneut auf, wie klein Mutter geworden war. Sie aß Eis mit einem kleinen Löffel und betonte jedesmal wieder, wie ausgezeichnet ihr das schmecke. Man hätte glauben können, sie äße Eis zum ersten Mal in ihrem Leben. Das waren aber auch die einzigen Worte, die wir von ihr vernahmen, seit wir abgefahren waren. Ansonsten schwieg sie auch bis zu unserer Ankunft in Tôkyô.

Kaum waren wir freilich ins Haus getreten, machte sie ein Gesicht, als hätten wir sie an einen ihr völlig unbekannten Ort gebracht, sie war voller Unruhe, doch bedrängte sie uns nicht mehr wie früher, möglichst schnell wieder zurückkehren zu dürfen, sondern tat willig all das, worum man sie bat. Sie ging ins Bad und aß mit uns zu Abend, aber bei keinem Gericht äußerte sie, das es ihr schmecke, und wurde sie gefragt, ob sie mit den Speisen zufrieden sei, antwortete sie nur mit einem bloßen »Hm«. Sie wirkte ein wenig resigniert, so als wolle sie sagen »Nun ist ja nichts mehr daran zu ändern, ich will nicht schimpfen . . .« Sie ging früher zu Bett und schlief durch bis zum Morgen. Durch eine Fusuma-Schiebetür von ihrem Schlafzimmer getrennt, schlief Yoshiko.

Nach Shigekos Bericht wanderte Mutter nachts nicht mehr so häufig umher wie früher. Selten stand sie zwei- oder dreimal auf. Hin und wieder erhob sie sich nachts überhaupt nicht, worauf Shigeko beunruhigt aufstand und in ihr Schlafzimmer hineinsah. Shigeko hatte es nicht leicht mit ihr.

In der zweiten und dritten Nacht nach ihrer Ankunft in Tôkyô suchte sie die Zimmer des Hauses nicht auf; wachte sie auf, so weckte sie Yoshiko, damit diese sie zur Toilette begleitete. Yoshiko meinte, Mutter würde auch hier nachts umherwandern, doch wüßte sie in unserem Haus wohl nicht mehr so gut Bescheid. Auch hatten im Vergleich zu früher ihre Körperkräfte abgenommen. Ihr fehlte der alte, heftige Impuls, ohne Rücksicht auf die anderen nachts umherzustreichen, wie es ihr gerade in den Sinn kam.

An dem darauffolgenden Tag äußerte Yoshiko eine neue Vermutung.

»Vielleicht glaubt Großmutter, sie befinde sich in einem Gefängnis eingeschlossen. Möglicherweise hat sie aus diesem Grund verzichtet, nachts im Hause umher zu wandern.«

Mutter war, so erzählte sie, in der Nacht zuvor auf dem Rückweg von der Toilette vor dem Schlafzimmer meines zweitältesten Sohnes stehengeblieben, hatte die Hand an die Klinke gelegt, aber zufällig war die Türe von innen zugeschlossen und ging nicht auf. Daraufhin habe sie offenbar diese Tür vorübergehend mit der ihren verwechselt und vor sich hin gemurmelt, es sei ihr wohl nicht erlaubt frei umherzugehen.

»Ich nahm das nicht weiter tragisch, aber ich könnte mir denken, daß Großmutter das öfter tut. Vielleicht glaubt sie dann, man habe sie eingeschlossen!«

Bei der Vorstellung, meine Mutter sei jede Nacht das Opfer solcher Illusionen, war mir schmerzlich zumute, aber andererseits wurde sie ja nur auf diese Weise gehindert, Nacht für Nacht im Hause umherzuirren.

Tagsüber sprach sie wie früher immerzu davon, daß sie so gern in ihr Heimathaus zurück wollte, doch dabei saß sie still auf den Tatami-Matten im Wohnzimmer und ging nur selten auf den Flur. Auch daran merkte ich, wie sehr ihre Körperkräfte nachließen, fühlte gleichzeitig aber auch, daß der Prozeß der Vergreisung sich verlangsamte. Gelegentlich erschien in ihrem Gesicht ein zorniger Ausdruck und sie redete erbost, doch zumeist geschah dies wohl, wenn sie sich in ihrer Selbstachtung verletzt fühlte. Doch da niemand wußte, wie ihre Selbstachtung beschaffen war, war es für uns schwierig, uns richtig zu verhalten. Mochten wir auch alles sehr deutlich und freundlich erklären, meistens verstand sie es nicht. Aber ich begriff, daß das stolze junge Mädchen, welches in ungezügelter Freiheit bei ihrem Großvater aufgewachsen war, jetzt in ihr lebendig war. Sagte jemand zu ihr: »Ach, wie kann jemand nur so eigensinnig sein!«, wandte sie, die Hände auf die Kniee gelegt, ihr Gesicht mit verächtlicher Miene schroff zur Seite. In diesen Augenblicken sah sie wie meine fünfjährige Enkelin aus.

Auch dieses Jahr im Juli wollten wir unser Berghäuschen in Karuizawa wieder zurechtmachen, und ich und meine Frau meinten, wir könnten nicht umhin, auch Mutter mitzunehmen. Unsere beiden Söhne meinten ebenso, daß Mutter, anders als vor einigen Jahren, jetzt das ruhige Leben in dem von Lärchen umstandenen Berghäuschen vielleicht genießen würde, aber Yoshiko widersprach: »Überlegt doch einmal! Wie fürchterlich war es das letzte Mal! Und Großmutters Altersverfall ist inzwischen noch viel schlimmer geworden. Glaubt ihr denn, sie finde es jetzt in Karuizawa still und kühl? Zu solchen Empfindungen ist sie gar nicht mehr imstande. Sie denkt und fühlt ganz anders als wir!«

Das ließ uns alle verstummen, war es doch Yoshiko, die stets für Mutter besonders gesorgt hatte. Sie kannte Mutter, wenigstens wie es nachts mit ihr stand, am besten von uns allen.

Ja, sie hatte wohl recht, dachte ich. Es wäre unvernünftig gewesen, Mutter nach Karuizawa mitzunehmen. Überdies bestand das Problem, wie wir sie bis dorthin bringen sollten. Mit der Eisenbahn zu fahren war, schon wegen des lärmenden Gewühls auf den Bahnhöfen, für ihre schwachen Nerven untragbar. Doch auch die Autofahrt von vier, fünf Stunden stellte für ihren kraftlosen Körper eine unzumutbare Belastung dar.

Eine Woche, ja zehn Tage lang war Mutters Aufenthalt in Tôkyô wider Erwarten gut verlaufen. Sie vertraute sich nicht mehr wie bisher der blau flackernden Flamme ihres Instinkts an, und ich hatte das Gefühl, daß sie es bei uns besser als in der Heimat habe. Sie verwandelte sich weder in eine junge Mutter, die verzweifelt nach ihrem Kind sucht, noch in ein bemitleidenswertes Kind, das nach seiner Mutter sucht. Aber genaugenommen, besaß sie durchaus noch diesen Impuls. Als mir klar wurde, daß sie bisher gern in tiefer Nacht durch das Haus gestreift war, aber jetzt dies nicht mehr vermochte, tat sie mir leid. Meine Mutter, die da in einer Ecke des Zimmers saß, hatte das bedauernswerte Los eines jungen Mädchens, das sich damit abgefunden hatte, ihre Mutter nicht wiederfinden zu können und auch das nicht minder bejammernswerte Los einer jungen Mutter, die nach verzweifeltem Suchen resigniert erkannte, ihr Kind nie mehr zurück zu bekommen. Das Gesicht meiner Mutter sah wie das Gesicht eines solchen einsamen Kindes und einer solchen einsamen Mutter aus.

Eineinhalb Monate nach ihrer Ankunft in Tôkyô saß ich mit Mutter auf der Veranda vor meinem Arbeitszimmer, das auf den Garten hinausging. Wir hatten eben, reichlich spät, gefrühstückt. Es war nach zehn Uhr. Ich wollte in der kurzen Zeit, bis ich zu arbeiten begann, mit Mutter Tee trinken. Yoshiko hatte für sie dünnen und für mich starken Sencha gebracht. Ich hob gerade die Teeschale an den

Mund, da sagte Mutter mit einem Blick auf meinen Arbeitstisch:

»Der Mann, der noch neulich Tag für Tag dort schrieb, ist also tot . . .«

Mit diesem Mann konnte niemand anderer als ich gemeint sein.

»Wann ist er denn gestorben?« fragte ich und blickte ihr dabei aufmerksam ins Gesicht.

Sie sah aus, als versuchte sie angestrengt zu überlegen, dann antwortete sie etwas unsicher:

»Ich glaube, es sind drei Tage her. Ja, heute ist wohl der dritte Tag . . .«

Ich ließ meine Augen durch das Arbeitszimmer schweifen, in dem also drei Tage nach meinem Tod verstrichen waren. Der Raum sah so unordentlich aus, daß es fast hoffnungslos erschien, hier aufräumen zu wollen. In den Regalen lagen die Bücher aufeinandergehäuft, und auf den Tatami-Matten türmten sich gleichfalls Berge von Büchern, einige ganz, andere halb aus dem Leim gegangen. Dazwischen lagen zwei Reisetaschen, drei Schachteln mit Karteikarten und einige Bündel von Materialien, die, damit sie nicht auseinanderfielen, zusammengeschnürt waren. Von diesen Bündeln gehörten einige mir, andere hatte ich ausgeliehen. Auch auf dem Fensterbrett lagen Papierbeutel und Zeitschriften bunt aufeinandergestapelt, ebenso sah es auf dem Korridor höchst unaufgeräumt auf. Wenn ich gestorben wäre, hätten meine Hinterbliebenen viel Arbeit gehabt, hier Ordnung zu schaffen.

Nachdem ich meine Augen langsam und genußvoll durch das ganze Zimmer hatte schweifen lassen, blieben sie schließlich an meinem Schreibtisch haften. Auch dort herrschte ein wirres Durcheinander. Da ich mit meiner

Arbeit noch nicht begonnen hatte, war die halbe Tischfläche leer und dort sah es geradezu auffällig ordentlich aus. Die Aushilfe hatte offenbar einiges, das darauf gelegen hatte, zur Seite geschoben und auf der freigewordenen Fläche Staub gewischt. Auf diesem aufgeräumten leeren Platz standen zwei saubere Aschenbecher und ein kleines Tintenfaß. Ich betrachtete mit einiger Bewegung diesen Tisch des vor kurzem Verstorbenen.

»Der dritte Tag?«

»Ja, es sind ja auch noch so viele Leute da!«

»Ja, tatsächlich.«

Und wirklich, man konnte den Eindruck gewinnen, daß das Haus von Lärm und der Unruhe erfüllt war, wie sie am dritten Tag nach dem Tod des Hausherrn zu herrschen pflegen. Im Empfangszimmer nebenan unterhielt sich meine Frau mit einigen Leuten, offenbar Angestellten einer Bank, ihre Stimmen waren deutlich vernehmbar. Aus dem Wohnzimmer war zwar nichts zu hören, aber dort machte sich die vierköpfige Familie der jüngeren Schwester meiner Frau, die sich seit vorgestern hier aufhielten, zum Ausgehen fertig. Und außerdem war da noch ein jüngeres Ehepaar, das hier erschienen war, um jene Verwandten zu begrüßen.

In einer Ecke des Gartens unterhielten sich überdies zwei junge Arbeiter einer Baufirma, die gekommen waren, um die kaputtgegangene Garagentüre zu reparieren, mit unserer Aushilfe. Sie waren von meinem Stuhl auf der Veranda aus sehr deutlich zu sehen.

In diesem Augenblick kam mir plötzlich die Idee, ob Mutter nicht in einem Zustande des »Situationsgefühls« lebte. Ich war mir zwar nicht klar, ob es dieses Wort überhaupt gibt und auch nicht, ob es dem entsprach, was ich mir vorstellte, doch ich dachte, daß es für Mutter vielleicht eine Reihe gefühlsmäßiger Daten gab, die ihr den Eindruck nahelegten, es sei heute der dritte Tag nach dem Tod des Hausherrn. Auf meinem Schreibtisch schien alles ungefähr so aufgeräumt, wie es am dritten Tag nach dem Tod des sonst dort Sitzenden wohl war. Und das ständige Kommen und Gehen von Leuten ließen schon daran denken, daß in diesem Haus der Hausherr vor drei Tagen verstorben war. Sicher gab es noch mehrere solcher Fakten, die mir im Augenblick nicht auffielen, aber von Mutter wahrgenommen wurden. Vielleicht hatte sich Mutter aufgrund solcher Fakten ihre eigene Welt geschaffen und begann in diesem Drama zu leben. Für sie waren drei Tage nach dem Tod des Hausherrn vergangen. Sie konnte traurig sein, Trauergewandung anlegen, in diesem von ihr geschaffenen Drama beliebig viele Rollen spielen.

Als ich mir das alles überlegte, erschien mir die senile Welt meiner Mutter plötzlich in einem anderen Licht. Schon oft hatte sie, obgleich seit dem Frühstück noch garnicht viel Zeit vergangen war, gedacht, es werde bald Abend, und umgekehrt verwechselte sie den Abend mit dem Morgen. Gleichgültig ob es in Wirklichkeit Morgen oder Abend war – wenn irgend etwas sie veranlaßte, die Tageszeit gefühlsmäßig als Morgen zu empfinden, dann war es für sie eben Morgen und wenn sie aus irgendeinem Grund die Tageszeit gefühlsmäßig als Abend empfand, gab es für sie keine andere Möglichkeit, als zu glauben, es sei Abend.

Wie ich nun mit Mutter zusammensaß und Tee trank, bekam ich Lust, ihr zu sagen, da hast du ja etwas Schönes angestellt, jetzt hast du wirklich angefangen, in deiner eigenen Welt zu leben! Es war ja bestimmt ihre eigene Welt, die sie mit niemandem gemeinsam hatte. Es war eine

Welt, die sie sich mit Hilfe ihres Gefühls, unter Abtrennung eines Teils der Wirklichkeit, aufgebaut hatte.
Aber vielleicht hätte sie mir geantwortet, sie habe damit nicht erst jetzt begonnen, sondern lebe schon lange auf diese Weise, und tatsächlich verwechselte sie Abend und Morgen schon seit einigen Jahren.
Damit wäre diese Geschichte eigentlich zu Ende, doch dann geschah etwas, das dem sehr ähnlich war. Anfang Juli brachte meine Frau zusammen mit der Aushilfe eine Reihe Gepäckstücke in den Wagen, um damit nach Karuizawa zu fahren. Wir wollten unser Berghäuschen dort soweit fertigmachen, daß wir jederzeit einziehen konnten. In diesem Augenblick stieg Mutter auf den Zementfußboden des Eingangs herab und rief meiner Frau zu:
»Ich möchte dir etwas mitteilen!«
Die Art, in der sie das sagte, klang höchst ungewohnt, fast ein wenig steif. Als meine Frau daraufhin noch einmal ins Haus zurückwollte, rief Mutter, sie könnten das auch vor dem Hause besprechen, schlüpfte in die Geta-Schuhe, verließ den Vorplatz, öffnete das hintere Holzgatter und ging in den Garten. Meine Frau folgte ihr! Langsam auf den spanischen Flieder zugehend, sagte Mutter einleitend:
»Ich wollte schon seit einiger Zeit eine gewisse Sache mit dir bereden!« Und fuhr fort: »Die Frau, die bei mir wohnt, ist keineswegs mit uns verwandt! Ich finde es gut, daß du das jedenfalls weißt!«
Das war alles, was sie so dringend mit meiner Frau besprechen wollte.
Als Mitsu, aus Karuizawa zurückgekehrt, mir das am folgenden Abend erzählte, bemerkte sie noch:
»Sie machte dabei ein sehr ernstes Gesicht. Ihre Stimme klang, als wollte sie mir zu verstehen geben, ich sollte das

keinesfalls jemandem weitersagen, sie wolle es mir nur mitteilen, weil wir uns ja nun trennten und wohl nie wieder sehen würden. Mit dieser Frau, die bei ihr wohnte, meinte sie natürlich Shigeko. Es tat mir für Shigeko wirklich leid, daß sie, die ja doch Mutters älteste Tochter ist, von ihr für eine Fremde gehalten wird!«

Ich dachte sofort, das ist ja ähnlich wie bei mir, der ich von Mutter als bereits gestorben angesehen wurde. Sie betrachtete mich als tot und Mitsu als jemanden, der sich von ihr trennte. An jenem Tag hatte Mitsu mit dem Mann telefoniert, der unser Berghäuschen verwaltete, und die für die Reise nach Karuizawa nötigen Vorbereitungen getroffen. Sie war also mit allem möglichen beschäftigt gewesen und das hatte Mutter den Eindruck der Trennung vermittelt, also daß Mitsu irgendwohin führe und sie sich nicht so leicht wiedersehen würden. Daß Mitsu vor ihrer Abreise auch noch den Buddha-Altar säuberte, hatte vielleicht weiter dazu beigetragen; ebenso hat die Tatsache, daß sie mit zwei Gruppen von Besuchern im Vorplatz sprach, eine für uns unerwartete Wirkung auf Mutter gezeitigt.

Einige Tage später unterhielten wir uns im Wohnzimmer über Mutter. Bei dieser Gelegenheit erzählte Yoshiko, was sie vor einigen Jahren bei ihrer Großmutter aus Kyôto erlebt hatte. Diese, Mitsus Mutter, war im vergangenen Jahr, fünfundachtzigjährig, gestorben, aber sie hatte ein halbes Jahr vorher zeitweilig bei uns gewohnt und Yoshiko berichtete nun aus dieser Zeit. Eines Tages hat diese Großmutter, welche die Gelegenheit, daß niemand zuhause war, abgewartet hatte, ihr einen Fünfhundert-Yen-Geldschein zustecken wollen. »Das ist wirklich nicht nötig, Großmutter, habe ich zu ihr gesagt, aber es half nichts, ich mußte das Geld annehmen. Ich weiß nicht recht, wie ich sagen

soll, aber Großmutters Augen sahen irgendwie verzweifelt drein. Es waren Augen, die sich an etwas klammerten. Augen, die mich flehentlich baten, den Geldschein anzunehmen. Es blieb mir nichts anderes übrig. Sie wäre sonst in Tränen ausgebrochen!«
Diese Geschichte hörte ich von Yoshiko zum ersten Mal. Aber auch bei dieser Großmutter aus Kyôto hatten sich in ihren letzten Jahren, wenn auch nicht so stark wie bei Mutter, deutliche Anzeichen von Altersverfall eingestellt. Ja, offensichtlich verlief das Leben bei sehr alt gewordenen Frauen auf ähnliche Weise. Vielleicht hatte auch die Großmutter aus Kyôto sich irgendein Drama in ihrer Umgebung geschaffen, und sie lebte, ähnlich wie Mutter, in einer für ihre Umgebung unverständlichen Welt.
»Hierin sind sich beide Frauen gleich«, sagte einer meiner Söhne. »Und doch unterscheiden sich die beiden. Großmutter aus Izu glaubt, Vater sei schon tot und sie nimmt von Mutter ungerührt Abschied, als sei es für immer. Darin liegt etwas Hartes, Boshaftes. Die Großmutter aus Kyôto ist gütiger. Unsere Großmutter aus Izu gibt ihrer Enkelin bestimmt kein Taschengeld!«
Der Aufenthalt meiner Mutter in Tôkyô endete nach weniger als einem Monat. Shigeko rief an, ihre Tochter habe inzwischen eine leichte Geburt gehabt, einen Sohn zur Welt gebracht und wolle nun mit dem Kind bald in ihr eigenes Heim zurückkehren. Wir könnten also Mutter wieder zu ihr bringen. Und sie erzählte weiter, sie habe zwei Nächte lang von Mutter geträumt und sei irgendwie beunruhigt. Nun, für mich brach die Zeit an, nach Karuizawa zu fahren, und es hätte für mich jetzt Schwierigkeiten gegeben, da ich Mutter ja nicht mitnehmen aber auch nicht in Tôkyô lassen konnte.

Kuwako übernahm es, Mutter in die Heimat zu bringen. Als sie zurückkam, sagte sie zu mir: »Mit Mutter kommt man jetzt ganz gut zurecht. Geht es aber allzu glatt, fühlt man sich auch beunruhigt. Sie hat durch ihren Altersverfall wirklich alles vergessen, doch mir scheint, neuerdings fängt sie auch an, diesen Altersfall zu vergessen!«

Ende Februar des darauffolgenden Jahres, also sieben Monate später, wurde Mutters achtundachtzigster Geburtstag von allen ihr Nahestehenden gefeiert. Es war der Februar im Jahre vor ihrem Tod. Der Geburtstag fiel eigentlich auf den 15. Februar, aber aus Rücksicht auf diejenigen, die aus Berufsgründen nicht frei über ihre Zeit verfügen konnten, fand die Feier zehn Tage später, in einem großen Raum des Bade-Hotels der Heimat, statt. Ihre Söhne, Töchter, deren Ehepartner, Enkel, Großenkel, Urenkel, im ganzen vierundzwanzig Personen versammelten sich zu Ehren ihres achtundachtzigsten Geburtstages. Sie verteilten sich auf drei Gruppen, in deren Mitte jeweils ein großer, runder Tisch stand. An dem hintersten Tisch saßen mein Bruder mit seiner Frau, Shigeko und ihr Mann, Kuwako, Mitsu und ich. Wir umringten Mutter, die mit dem Rücken zur Ziernische saß.

Bevor Mutter hereinkam, hatte sie offenbar begriffen, daß alle ihretwegen hier zusammengekommen waren, und sie schien sich in munterer Laune darüber zu freuen, doch als sie an ihrem Platz anlangte und alle ihr Glückwünsche zuriefen, ihre Becher erhoben und die Enkel ihr ein Gratulationsgeschenk überreichten, verriet ihr Gesicht eine gewisse Unruhe. Kuwako saß neben ihr und legte ihr ein paar Häppchen auf kleine Tellerchen, wobei sie sorgfältig etwas Weiches, leicht zu Kauendes aussuchte. Aber Mutter zeigte sich an dem Essen nicht im geringsten interessiert. Sie sah

aus, als wollte sie sagen, mit diesem Zeug könnt ihr mich nicht hinters Licht führen.
»Was hast du?« fragte Shigeko. »Es ist doch eine Feier für dich!«
»Für mich? Eine Feier für mich?«
Aber es war nicht so, daß sie das nicht gewußt hätte. Sie hatte sicher begriffen, daß sich alle ihretwegen versammelt hatten und die Glückwünsche ihr galten. Doch war sie sich nicht recht klar, ob sie das alles ohne weiteres annehmen und sich darüber freuen sollte. Sie machte ein Gesicht, als wollte sie uns zu verstehen geben, daß es für sie im Grunde nichts zu feiern gebe. Sie blickte mißtrauisch um sich. Auch als ihre Enkel ein Lied sangen und die Urenkel einen Tanz vorführten, den sie im Kindergarten erlernt hatten, glitt zwar ein flüchtiges Lächeln über ihren Mund, doch sah sie bald wieder weg. Irgendwie war sie trübsinnig und genoß diese Feier nicht.
Als gegen Mitte der Festlichkeit ein Photograph erschien, um ein Erinnerungsbild zu machen, griff Shigeko nach der roten Haube und der roten ärmellosen Jacke, die sie bereitgelegt hatte. Mutter sträubte sich heftig dagegen. Von Shigeko ermahnt und gebeten, fügte sie sich der für den achtundachtzigsten Geburtstag geltenden Etikette und setzte, doch nur für die Dauer des Photographierens, die rote Haube auf und legte sich die rote Jacke um. Sie konnte beides nicht leiden und es stand ihr auch nicht. Als der Photograph fertig war, unterdrückte sie ihren Zorn nicht länger.
Ich hatte diese Geburtstagsfeier organisiert, hatte eingeladen, aber mich nicht im geringsten an der Gestaltung des Programms beteiligt, sondern das den jungen Leuten überlassen. Doch nun bedrückte es mich, daß allein Mutter

diese Feier, bei der alle anderen fröhlich und bald auch ausgelassen waren, nicht zu genießen schien.
Vielleicht fühlte sie sich in ihre Kindheit zurückversetzt und lebte da in einer prächtigeren, verschwenderischen Welt. Traf dies zu, mußte sie diese Feier als zu ärmlich empfinden. Vielleicht wollte sie in so bescheidenem Rahmen nicht gefeiert werden. Möglicherweise entnahm sie dieser Feststimmung gefühlsmäßige Fakten und baute daraus ein Drama, das nichts mit dieser Feier zu tun hatte.
Am Tage nach dieser Feier, welche, aus Mutters Sicht betrachtet, kaum ein großer Erfolg genannt werden konnte, versammelten wir Geschwister uns nach langer Zeit wieder in der Heimat. Auch Mutter, die bei der Feier am vergangenen Abend so wenig fröhlich ausgesehen hatte, zeigte nun, von ihren Kindern umringt, ein freundliches lächelndes Gesicht. Keiner von uns wußte, was diese Sinnesänderung bei ihr bewirkt hatte.
Jedermann war der Altersverfall an Körper und Geist unserer Mutter offensichtlich. Sie sprach fast überhaupt nichts, bestenfalls wiederholte sie wie immer die gleichen Geschichten, aber da sie diese wie in einem Selbstgespräch vor sich hin murmelte, fiel es nicht weiter auf. Hatte sie irgendwo Platz genommen, rührte sie sich kaum mehr vom Fleck. Es bereitete ihr offensichtlich große Mühe, den Platz zu wechseln, und sie blieb auch sitzen, wenn niemand mehr bei ihr stand. Dachte man daran, wie sie sich noch vor wenigen Jahren gegeben hatte, war sie kaum wiederzuerkennen.
»Gottseidank«, sagte Shigeko zu mir, »bin ich in letzter Zeit von Mutter etwas befreit worden. Sie steht nachts immer seltener auf, manchmal nur einmal innerhalb mehrerer Tage. Wenn sie überhaupt aufsteht, kommt sie einem

allerdings wie ein Gespenst vor. Ihre Bewegungen sind jetzt ganz langsam geworden. Früher ist sie mir den ganzen Tag über, gleich wohin ich ging, in die Küche oder in den Flur immer gefolgt, aber das hat nun plötzlich aufgehört. Ich bin überrascht, wenn ich plötzlich merke, daß sie nicht hinter mir steht.«

An diesem Tage, als wir uns alle mit Mutter unterhielten, kam sie auf die Orte zu sprechen, wo sie mit Vater zusammen einige Jahre verbracht hatte, vor allem also Taihoku, Kanazawa, Hirosaki.

Ihre Töchter fragten sie, ob sie den oder jenen kenne, und mein Bruder und ich sagten: »Ich glaube, Mutter, an den kannst du dich doch nicht mehr erinnern, oder?«

Mutter hatte das meiste vergessen, aber hin und wieder antwortete sie: »Oh ja, das war ein netter Mensch, freundlich und gut! Er hatte keine Kinder. Wie es ihm wohl jetzt geht?«

Hin und wieder kam Leben in ihre Miene. Es war, als schösse durch ihren weitgehend schon zerstörten Kopf ein Lichtstrahl. Wir waren verblüfft. An einige Leute konnte sich Mutter tatsächlich erinnern. Man sah an ihrem Gesichtsausdruck, daß Name und Person völlig übereinstimmten.

Konnte sie sich, trotz allen Bemühens, an jemanden, von dem wir sprachen, nicht erinnern, schüttelte sie schweigend den Kopf und sagte manchmal ein bißchen boshaft: »Na ja, eine so bedeutende Persönlichkeit wird das schon nicht sein.«

Und damit meinte sie wohl, daß jemand, an den sie sich nicht erinnern konnte, ganz sicher nicht sehr bedeutend war.

»Das ist typisch für Mutter«, sagte Kuwako zu uns. »Was

sie vergessen hat, schiebt sie einfach beiseite und sucht den Grund dafür beim andern.«

»Wenn ich Mutter so betrachte«, bemerkte mein Bruder etwas nachdenklich, »habe ich das Gefühl, daß ein senil gewordener Mensch die eigenen Kinder mit Menschen, die gar nicht verwandt sind, gleichsetzt. Die Kinder meinen immer, sie würden von ihren Eltern nicht vergessen, da es ja ihre Eltern seien, aber da überschätzen sie wohl diese Bindung. Ich bin schon lange vergessen worden. Natürlich, wenn ich Mutter sehe, empfindet sie wohl, daß ich in einer besonderen Beziehung zu ihr stehe, aber sie wird sich nicht bewußt, daß ich ihr Sohn bin. Hört sie meinen Namen, fällt ihr wohl ein, daß ihr Sohn so heißt, aber mein Name und meine Person sind für sie nicht identisch. Ich bin von Mutter ganz und gar, fein säuberlich vergessen worden.«

»Wenn ich dich so reden höre«, sagte Shigeko, »kann ich hierzu bemerken, daß ich zwar über zehn Jahre mit Mutter zusammen lebe, sie Tag für Tag umsorge, aber von irgendeinem Zeitpunkt an hat sie in mir nicht mehr ihre Tochter gesehen, sondern eine alte Dienerin, und so ruft sie mich auch. Dagegen ist nichts zu tun.«

Mit Sicherheit hat Shigeko das schlechteste Los gezogen. Und hatte Mutter Shigeko schon vergessen, so galt dies umso mehr für Akio. Ich und Kuwako haben ziemlich lange geglaubt, daß sie in uns ihre Kinder sieht, aber in den letzten Jahren ist das immer zweifelhafter geworden, und jetzt gehören wir wohl auch zu denen, die sie vergessen hat.

»Na ja«, sagte ich schließlich, »ob man nun etwas früher oder später vergessen wird, ist letzten Endes dasselbe. Jetzt sind wir wohl alle in gleicher Weise in Vergessenheit geraten. Mutter hat uns alle, für immer, aufgegeben. Aber auch Vater ist ja von ihr in diesem Sinn vergessen worden. Der Altersverfall ist etwas Fürchterliches!«

Wir wußten zwar nicht, wann Mutter unseren Vater aus ihrem Gedächtnis gestrichen hatte, aber als es uns auffiel, war Vaters Existenz in ihrer Erinnerung nur mehr ein schwacher Schatten. Um die Worte meines Bruders zu gebrauchen, ihr Altersverfall hat auch Vater, der ein langes Leben mit ihr verbracht hatte, keinerlei Vorrechte eingeräumt, sondern ihn mit allen anderen gleichgestellt.

Darauf warf Kuwako ein: »Andererseits erinnert sich Mutter doch noch an manche Leute aus früherer Zeit, und das offenbar recht genau!«

»Ja«, erwiderte mein Bruder, »sie erinnert sich an Menschen, die zu ihr freundlich und die ihr sympathisch waren, an Menschen also, deren Wesen sie schätzte. Die anderen hat sie vergessen. In diesem Sinn sind wir Kinder für sie keine freundlichen und guten Menschen gewesen!«

»So, meinst du?«

»Ja, davon bin ich überzeugt. Ich habe mir vorhin folgendes gedacht: Mutters Empfindungen sind immer sehr stark gewesen, ob sie nun freundliche und sympathische Menschen traf oder solche, die sie nicht angenehm fand. Sie empfindet alles doppelt so stark wie andere. Bei freundlichen und guten Menschen hat sie gewissermaßen einen Kreis und bei Menschen, die sie ablehnte, einen Schrägstrich gemacht. Wäre sie jetzt nicht so senil, hätte es keine weitere Bedeutung, ob sie einen mit einem Kreis oder einem Schrägstrich versehen hat, doch nun ist sie – zum Glück oder Unglück – senil geworden und vergißt all die, bei denen sie einen Schrägstrich angebracht hat. Und bei diesem Vergessen ist sie vielleicht auch nach einer Reihenfolge vorgegangen: im allgemeinen hat sie sich wohl an eine zeitliche Ordnung gehalten.«

»Das klingt ja, als wären wir alle völlig ausgelöscht worden!«

»Ja, das sind wir auch« sagte ich, »es ist ähnlich wie ich vorgehe, wenn ich die Liste all der Leute durchsehe, denen ich im allgemeinen einen Neujahrsgruß schicke. Da denke ich mir bei diesem und jenem, den werde ich jetzt streichen.«

»Ja, wir sind alle von ihrer Liste gestrichen worden. Irgendwann erhielten wir diesen Schrägstrich.«

»Und der war bei uns ziemlich dick.«

»Wann Mutter ihn wohl gemacht hat?«

»Tja, wer will das wissen?« sagte mein Bruder halb im Spaß, aber es konnte unmöglich als Spaß verstanden werden. Hörte man ihm aufmerksam zu, brachte er einen auf mancherlei Gedanken. »Sicher tragen die Menschen all die, welche sie während ihres Lebens kennenlernen, in ihrem Gedächtnis auf einer Liste ein und streichen sie je nachdem auch wieder aus.«

»Und wann hat Mutter bei dir den dicken Strich gemacht?« fragte Shigeko ihren Bruder.

»Hm – als ich noch jung war, haben Mutter und ich uns heftig über meine Berufswahl gestritten. Es dürfte damals passiert sein.«

»Das ist ziemlich lange her . . .«

»Jedenfalls ist damals dieser Strich gemacht worden. Wäre bei Mutter nicht dieser schreckliche Altersverfall eingetreten, so wäre es bei diesem Strich geblieben, aber nun bin ich ganz und gar ausgelöscht worden!«

Als ich das hörte, überlegte ich einen Augenblick. Wenn Mutter meinen Bruder mit einem Schrägstrich versehen hatte, geschah das vielleicht eher zu der Zeit, als er adoptiert wurde und damit in eine andere Familie überwechselte. Mutter hat zwar seine Heiratspläne gebilligt, doch als die Ehe schließlich zustande kam und der Sohn, den sie einmal geboren hatte, sich als der Angehörige einer anderen Familie von ihr trennte, glaubte sie vielleicht, von diesem ihrem Sohn, den sie am zärtlichsten liebte, verlassen worden zu sein.

»Und Vater?« fragte Kuwako.

»Hm, das war wohl bei Kriegsende«, meinte ich. Falls Vater einen Schrägstrich von ihr abbekam, kam kein anderer Zeitpunkt in Betracht.

Als Autorität und Ehre unseres Vaters, der bis dahin sein ganzes Leben Uniform getragen hatte, durch den verlorenen Krieg zerstört wurden und er als ein Mann ohne jeglichen Wert in das Chaos der ersten Nachkriegsjahre geschleudert wurde, hat Mutter sich nicht so leicht damit abfinden können. Solange er im aktiven Dienst stand, hat Vater sich Mutter gegenüber als Tyrann gezeigt, doch sie hat ihm stets treu gedient. Nach seiner Pensionierung hatte sie an Stelle von Vater, dessen Neigung, sich von der Welt zurückzuziehen, immer stärker wurde, in unserem Heimatdorf die Führung einer national gesinnten Frauenvereinigung übernommen und tat damit das, was von ihr, der Frau eines Offiziers, erwartet wurde. Da sie große Selbstachtung und auch unnachgiebigen Ehrgeiz besaß, war es zweifellos ein schwerer Schlag für sie gewesen, daß Vater aufgrund der militärischen Niederlage seine Autorität eingebüßt hatte. Vielleicht hat sie Vater gegenüber damals ihren eigenen Standpunkt zeigen wollen. Falls sie je einen Schrägstrich neben seinen Namen zog, geschah dies wohl zu diesem Zeitpunkt.

»Dann haben auch ich und ebenso Kuwakos Mann letzten Endes damals einen Strich erhalten«, sagte Akio.
Akio war im Krieg Offizier gewesen und Kuwakos Mann Militärarzt.
»Und was ist mit dir?« fragte mich Kuwako.
»Bei mir tat Mutter das wohl, als ich Mitsu heiratete. Oder weil ich nicht Arzt, sondern Journalist geworden bin. Als ich ihr damals meinen Entschluß mitteilte, sah sie recht mürrisch drein. Die viele Generationen alte Arzt-Tradition meiner Familie ist durch mich unterbrochen worden. Daß ich nicht Medizin studierte, hat sie, die ihre Familie als eine hervorragende Arzt-Familie betrachtete, heftig verurteilt. Aber wenn sie neben meinen Namen einen Schrägstrich zog, geschah dies wohl, ohne daß ich es bemerkte. Und nicht nur ich, auch mein Bruder, auch Shigeko, Akio, sie alle haben vielleicht, ohne daß sie es gewahr wurden, einen solchen Strich abbekommen.«
Während wir uns so über Mutter unterhielten, saß sie im Nebenzimmer auf einem Stuhl und schlief, ein Taschentuch übers Gesicht gebreitet. Es war für sie sehr bezeichnend, daß sie, nun alt und hinfällig geworden, niemanden ihr Gesicht im Schlaf sehen ließ. Das war wohl etwas, wozu wir, ihre Kinder, es nie bringen würden.

Vom Herbst des Jahres, in dem Mutters achtundachtzigster Geburtstag gefeiert wurde, bis zum Frühling des darauffolgenden Jahres besuchte ich sie dreimal in der Heimat, aber sie kam mir jedesmal kleiner vor. Wie zusammengeschrumpft saß sie immerzu vor dem Holzkohlenöfchen des Zimmers, das auf den Mittelgarten hinausging. War es kalt, wärmte sie sich daran, aber auch sonst pflegte sie, mit aufgestützten Armen, unbeweglich davor zu sitzen. Wurde es Abend, breitete man ihr Schlafzeug daneben aus, und dort schlummerte sie. Den ganzen Tag über stand sie nicht auf. Früher war sie, wenn im Garten auch nur ein einziges Blatt ins Gras fiel, sofort dahin geeilt, nirgendwo blieb sie lange sitzen, jetzt aber schien ihr schon die geringste Bewegung unsägliche Mühe zu bereiten.

Zur Essenszeit kam sie ins Wohnzimmer und setzte sich an den Tisch, doch sie aß so wenig, daß man kaum begriff, daß dies zum Leben ausreichte. Von dem kleinen Teller, auf dem eine winzige Menge süßer, gekochter Bohnen lag, nahm sie nur etwas mit ihren Stäbchen auf. Fleisch rührte sie überhaupt nicht an, auch aß sie weder Gemüse noch Obst. Von Jugend auf hatten sich bei ihr offenbar gewisse Vorlieben und Abneigungen gegenüber den Speisen herausgebildet und diese traten mit zunehmendem Altersverfall immer deutlicher zutage. Was ihr nicht schmeckte, schaute sie gar nicht an.

Mutter wurde immer schweigsamer. Solange sie nicht sprach, war das Ausmaß ihrer Vergreisung nicht erkennbar. Gelegentlich kam Besuch und setzte sich zu ihr an das Holzkohlenöfchen. Mutter begriff zwar nicht, wer neben ihr saß, aber sie trug ein Lächeln zur Schau, das sich jedermann gegenüber eignete, und sie bediente sich so nichtssagender Redensarten wie »Heute ist aber ein schöner Tag, finden Sie nicht?« oder »Wie geht es Ihnen?« Sorgsam achtete sie darauf, daß niemand ihren Altersverfall bemerkte.

Ihre Körperkräfte ließen zwar nach, doch kaum einmal unterliefen ihr irgendwelche Peinlichkeiten.

Als ich sie zu Neujahr wieder besuchte, war mir, als könnte sie jeden Augenblick zusammenbrechen. Akio teilte diese Meinung, doch Shigeko, Mitsu, Kuwako, die

Frauen also, waren überzeugt, Mutter könne in dieser Verfassung noch viele Jahre weiterleben.

Vor meiner Reise nach Afghanistan, in den Iran und die Türkei wollte ich Mutter noch einmal sehen und benachrichtigte Shigeko und ihren Mann. Doch als es so weit war, entschloß ich mich plötzlich, auf diesen Besuch zu verzichten. Ich hatte das Gefühl, als würde ich damit von Mutter auf immer Abschied nehmen. Dies erklärte ich Shigeko am Telefon und bat sie, sich mit Mitsu und Kuwako zusammenzutun, falls in den nächsten Wochen Mutter etwas zustoße.

»Ach«, erwiderte Shigeko, »Mutter wird schon nichts passieren! Gestern nacht etwa hat sie ausgezeichnet geschlafen! Heute morgen bin ich, weil sie so lange liegen blieb, zweimal zu ihr hineingegangen. Sie sah blühend und geradezu mädchenhaft aus – da bin ich älter als sie.«

Ende Juni kam ich von dieser Reise zurück. Die sommerliche Regenzeit war noch nicht vorüber. Die Ermüdung durch die Reise, bei der ich Wüsten durchquert und die entlegensten Landstriche besucht hatte, machte mich nun, im Hochsommer, zu einem ganz anderen Menschen. Im August entzog ich mich der großen Hitze in Tôkyô durch einen Aufenthalt in Karuizawa, doch ich konnte auch dort lange nicht einschlafen.

Erst im September erholte ich mich von meiner Erschöpfung, und als ich von der Veranda meines Arbeitszimmers zu dem wundervollen, herbstlich klaren Himmel aufsah, entschloß ich mich plötzlich, Mutter aufzusuchen. Es war ein halbes Jahr her, seit ich zum letzten Mal in der Heimat gewesen war. Mutter sah völlig unverändert aus. Sie hockte vor dem leeren Holzkohlenöfchen in dem Zimmer, das auf den Mittelgarten hinausging und empfing mich wie einen

Unbekannten. Wie mir Shigeko schon vor meiner Abfahrt am Telefon mitgeteilt hatte, sah Mutter im Gesicht blühend aus und wirkte ein wenig schüchtern, wenn sie sprach. Sie machte mehr den Eindruck eines jungen Mädchens als einer alten Frau.

Ich blieb zwei Nächte. In der zweiten Nacht stieg ich die Treppe vom ersten Stock hinab, ging den zum Waschraum führenden Korridor entlang und stieß unerwartet mit Mutter zusammen, die eben von dort kam. In ihr Nachtgewand gehüllt, waren ihre Gestalt und auch ihr Gesicht durchaus solche einer Frau ihres Alters.

»Nun schneit es«, sagte sie, und als ich meinte:

»Aber es schneit doch gar nicht!«, machte sie ein fast unterwürfig wirkendes Gesicht, als wollte ich sie tadeln. Dann wiederholte sie, fast flüsternd:

»Nun schneit es . . .«

Ich brachte sie an ihr Schlafzimmer und ging, ohne einzutreten, weiter in den Waschraum. Es konnte doch unmöglich auch nur den Anschein haben, daß es schneite. Ich öffnete das Fenster des Waschraums und blickte hinaus. Draußen war es dunkel, doch irgendwo am Himmel glitzerten Sterne, und ich hörte aus den Gebüschen des hinteren Gartens das Zirpen von Insekten.

Auf dem Weg in mein Zimmer blickte ich zu Mutter hinein. Ihr Bettzeug war ausgebreitet, aber sie lag nicht darin, sondern saß wie am Tage vor dem Holzkohlenöfchen. Da es Ende September war, fröstelte es sie in ihrem Nachtgewand wohl nicht, gleichwohl legte ich ihr den Kimono über, der neben dem Kopfkissen zusammengefaltet lag und setzte mich an die andere Seite des Öfchens. Noch bevor ich etwas sagen konnte, wiederholte sie:

»Nun schneit es . . . eine Schneedecke überall . . .«

»Hast du das Gefühl, daß es schneit?«
»Aber es schneit doch wirklich!«
»Es schneit nicht. Die Sterne scheinen ganz hell.«
Da machte sie ein ungläubiges Gesicht und wollte etwas erwidern, aber schwieg dann doch. Es fielen ihr wohl die rechten Worte nicht ein. Nach einer Weile sagte sie:
»Oh, es schneit doch!«
Sie sah aus, als lauschte sie auf den draußen niederfallenden Schnee. Ich versuchte, wie sie zu lauschen. Doch ich vernahm weder draußen noch im Hause ein solches Geräusch. Shigeko und ihr Mann lagen in ihrem Zimmer und schliefen wohl bereits. Es war ja schon lange nach elf. Dieses Haus, in dem Mutters Großvater, also mein Urgroßvater, einst seine Klinik hatte und auch wohnte, war nicht allzu geräumig, aber nachts wirkte es wie ein riesiges, leeres Gebäude.
Mutter lebte, dachte ich, jetzt wohl wieder – wie damals in Tôkyô – in einem »Situationsgefühl«, wie ich es nannte. Als ich ihr gegenübersaß, erschien mir die nächtliche Stille, die uns beide umhüllte, fast wie die Ruhe einer Nacht, in der es schneit. Aber Mutter konnte doch über vierzig Jahre lang keine Schneenacht mehr erlebt haben. Während der Dienstzeit meines Vaters als Militärarzt, wohnte die Familie oft in Gegenden, wo es viel schneite, in Asahigawa etwa oder in Kanazawa, Hirosaki. Aber nach Asahigawa kam sie mit meinem Vater, der dorthin versetzt worden war, als sie zweiundzwanzig, dreiundzwanzig Jahre war, in Kanazawa und Hirosaki blieben sie nicht lange, und in Hirosaki ließ er sich bald pensionieren. Über vierzig Jahre sind also seitdem vergangen.
»Erinnerst du dich an Hirosaki? Dort hat es im Januar jeden Tag geschneit, oder?«

Aber sie machte ein Gesicht, als begriffe sie nichts. Und als ich nach Kanazawa und Asahigawa fragte, war es nicht anders.

»Ja, es schneite!« sagte sie nach einer Weile, ohne auf meine Frage direkt zu antworten. Offensichtlich geschah das aber nur mit den Lippen, eine Erinnerung schien nicht damit verknüpft zu sein.

»Unter den verschiedenen Orten, an denen du einmal warst, fiel doch in Asahigawa am meisten Schnee! Jeden Abend, jeden Abend schneite es dort!«

»Hm, ja, jeden Abend, jeden Abend, Schnee . . . Ja, so war das wohl dort . . .«

Sie neigte den Kopf leicht zur Seite, als wollte sie sich erinnern, aber ihr Gesicht wirkte traurig und gequält. Plötzlich sagte sie mit veränderter Miene:

»Ich habe alles vergessen! Ich bin senil geworden . . .«

»Schon gut, Mutter! Du brauchst dich doch nicht unbedingt daran zu erinnern!«

Es war seltsam. In dem Gesichtsausdruck, mit dem sie sich zu erinnern suchte, und in der Bewegung, mit der sie den Kopf senkte und auf ihre Kniee blickte, lagen Demut und Schmerz, als sei sie von Reue überwältigt. Welches Recht habe ich denn, dachte ich, Mutter dazu zu bringen, sich an ihre Vergangenheit zu erinnern. Wie sie da ein paar kümmerliche Reste aus ihrem Gedächtnis hervorzuholen suchte, das war, als wollte sie aus einem halbzugefrorenen Sumpf, auf den es schneite, gewaltsam ein Holzbündel ziehen. Die Arbeit war schmerzlich und traurig, und von den dünnen Holzscheiten tropfte kaltes Wasser herab.

Ich brachte Mutter zu Bett, verließ ihr Schlafzimmer, und nachdem ich mich unter meiner Decke ausgestreckt hatte, kam mir der Gedanke, daß Mutter vielleicht nicht nur in dieser Nacht überzeugt war, daß es draußen schneite. Möglicherweise hatte sie auch gestern und vorgestern das feine, leise Geräusch des vom Himmel fallenden Schnees vernommen, und vielleicht würde sie auch morgen und übermorgen solche Nächte erleben. Wie einsam sie war! Nun empfand sie das »Leid, von geliebten Menschen Abschied nehmen zu müssen« nicht mehr, und sie brauchte sich auch wegen des Todes anderer und der dann fälligen Kondolenzgaben nicht mehr zu sorgen. Die blaue, flakkernde Flamme des Instinkts, die sie eine Zeit lang nachts umhertreiben ließ, war endgültig erloschen. Sie lebte zwar in einer Nacht, in der es immerzu schneite, aber Geist und Körper waren bei ihr schon zu sehr in Verfall begriffen, als daß sie sich noch ein Drama schaffen und darin eine Rolle spielen konnte. Vielleicht war sie in ihre Kindheit zurückgekehrt, wo sie zu einem hochmütigen, selbstbewußten Mädchen erzogen worden war, aber die Beleuchtung auf der Bühne war nun erloschen, die glitzernden Ausstattungsstücke hatte die Dunkelheit aufgeschluckt. Sie hatte zunächst ihren Mann, den Gefährten eines langen Lebens, und dann ihre zwei Söhne und die beiden Töchter verloren. Auch ihre jüngeren Geschwister und all die anderen Verwandten, ebenso die mit ihr vertrauten Freunde waren nicht mehr da. Sie waren nicht eigentlich verschwunden, sondern Mutter hatte sie von sich aus weggestoßen. Jetzt lebte sie allein in dem Hause, wo sie einst ihre Kindheit verbracht hatte. Nacht für Nacht fiel um sie Schnee. Sie starrte auf diese Schneedecke, deren Bild sich in der von ihr vergessenen, allzu weit zurückliegenden Jugendzeit in ihr Herz eingegraben hatte.

Am nächsten Tag stand ich ungefähr um neun Uhr auf, setzte mich ins Wohnzimmer und frühstückte ziemlich spät. Mutter kam zu mir, nahm auf dem Sofa Platz und ließ ihre Blicke in den Garten hinaus schweifen, wandte mir aber ihr Gesicht hin und wieder zu. Sie wollte mir wohl irgend etwas sagen, aber ihr Gesicht verriet tiefe Ratlosigkeit. »Ich komme im nächsten Monat wieder«, sagte ich schließlich, um mich zu verabschieden.

»So? Im nächsten Monat?«

Sie lächelte dabei, doch schien sie weder genau zu wissen, wer ich war, noch wann der nächste Monat kam, in dem ich sie besuchen wollte.

»Also, laß es dir gutgehen, Mutter!«

»Wollen Sie schon fahren?«

Sie begleitete mich bis zum Flur und traf Anstalten, weiter mitzukommen. Ich hielt sie zurück. Daraufhin sagte sie:

»Gut, ich will mich dann hier von Ihnen verabschieden!«

Sie blieb an dem Schwellenrahmen des Flurs stehen. Als ich in den Wagen stieg, sah ich noch einmal zu ihr um, und da richtete sie, zu mir her blickend, den Kragen ihres Kimonos mit beiden Händen eifrig zurecht. Sie wollte in aller Form von mir Abschied nehmen. Das war das letzte Mal, daß ich Mutter sah.

Kurz vor Mittag kam ich mit Kuwako im Auto vor dem Heimathaus an. In dem Raum, der Mutters Schlafzimmer gewesen war, saßen einige Verwandte und Nachbarn um den Tisch. Die Fusuma-Schiebetür zwischen diesem Raum und dem großen, dahinter gelegenen Zimmer war herausgenommen. Dort lag das Futon ausgebreitet, in dem sich Mutters Leiche befand. An dem unteren Ende saßen mehrere Verwandte, ich verbeugte mich zu ihnen hin und schritt sofort auf Mutter zu. Sie hatte ein hübsches Gesicht wie eine Puppe. Der leicht schiefe Mund erinnerte mich an

den Ausdruck, den sie hatte, wenn sie sich ein bißchen zierte. Ich berührte ganz leicht ihr Gesicht, ihre Hand, sie waren kalt wie Eis.
Da trat Shigeko auf mich zu. Mutters Hände, sagte sie, seien sicher kalt, würden aber gleich wieder warm, wenn ich ihre Hand ein wenig in der meinen hielte. Ich tat das und fühlte wirklich, wie meine Körperwärme in ihre Hand überging, die nur noch Knochen und Haut war. Die Hand war so weiß, als hätte man sie gebleicht, und auf diesem Weiß hoben sich die blauen Äderchen ab.
Am Abend kam von dem einige Meilen entfernten Dorf ein junger Priester und begann, bevor Mutter eingesargt wurde, aus einem Sutra zu rezitieren. Um sieben Uhr erschienen Mitsu und unsere älteste Tochter. Wir warteten, bis diese beiden die Weihrauchstäbchen angezündet hatten, dann wurde Mutters Leiche in den Sarg gelegt. Die weiblichen Verwandten zogen Mutter, nach alter Sitte, weiße Handschuhe, weiße Strümpfe sowie einen einfachen weißen Kimono an. Zu ihrem achtundachtzigsten Geburtstag hatte die rote Jacke nicht zu ihr gepaßt, aber der weiße Kimono war schön. Mutter sah aus, als bräche sie zu einer feierlichen Reise auf. Shigeko steckte ihr einen Dolch in die Brustfalten des Kimono. Kuwako, Mitsu und die Enkel umkränzten ihr Gesicht mit Chrysanthemen.
In der Nacht hielten wir die Totenwache. Es erschienen Kuwakos Tochter und ihr Mann. Dieser, ein junger Nervenarzt, hatte in den zwei vergangenen Jahren hin und wieder Mutter untersucht. Daß Mutters letzte Jahre ruhig verlaufen sind, war vielleicht großenteils auf die von ihm verschriebenen Medizinen zurückzuführen, und so dankte ich den beiden jungen Leuten auch im Namen meiner verstorbenen Mutter.

Der junge Arzt war das letzte Mal vor zehn Tagen dagewesen und erklärte mir, nach dem damaligen Untersuchungsergebnis sei ein so plötzliches Ende nicht voraussehbar gewesen.

»In letzter Zeit ist Ihre Mutter ein wenig hart mit mir umgesprungen«, sagte er mit leichtem Lächeln und fuhr fort:

»Nach der Untersuchung das letzte Mal tranken wir alle in ihrem Zimmer Tee. Und da sah Ihre Mutter plötzlich zu mir her und fragte meine Frau, die neben mir saß, wer denn der Mann da sei, und als meine Frau ihr erklärte, das sei doch der Arzt, der sie eben untersucht habe, sagte sie mit leiser Stimme, ›Na ja, es gibt eben solche und solche Ärzte ...‹ Ich war verblüfft. Dieser Schlag hat gesessen!«

Mir war, als sei in jenem Augenblick in Mutters verwelktem, kleinen Körper der letzte Rest ihrer Persönlichkeit mit einer winzigen Flamme plötzlich aufgelodert.

Am übernächsten Tag, am 24., standen ich, Mitsu, Kuwako, Shigeko und ihr Mann um fünf Uhr auf. Um sechs befanden wir uns vor dem Sarg mit Mutters Leiche. Ich beobachtete von der Seite, wie die nächsten Verwandten, einer nach dem andern, einen letzten Blick in das Sarginnere warfen und sich damit von Mutter verabschiedeten. Mutter sah unverändert wie ein junges, unerfahrenes Mädchen aus. Sie hatte etwas Würdevolles an sich. Ich nagelte mit einem Stein den Deckel zu. Dann wurde der Sarg in das große, schwarze Leichenauto gehoben, und etwa zwanzig Personen, Verwandte und Nachbarn, stiegen mit ein. Der Wagen fuhr durch die breite Shimoda-Straße, verließ diese am Shûzenji-Tempel, bog auf die Straße ein, die den Ômigawa-Fluß entlangführt und nahm dann Richtung auf das

Krematorium. Die kleine Talschlucht war unter buntem Herbstlaub begraben, und die da und dort wie zerstreut liegenden Dörfer sahen – vielleicht des Laubes wegen – feucht und naß aus.
Als wir am Krematorium ankamen, rezitierte der Priester wieder aus einem Sutra, anschließend wurde der Sarg in die Krematoriumsgrube gelegt. Von einem Angestellten des Krematoriums geleitet, begab ich mich hinter das Gebäude, trat dort ein und stand vor dem Feuerofen. Auf einen Wink des Angestellten wurde durch ein Streichholz das mit Öl getränkte Tuch in Brand gesetzt, und im gleichen Augenblick züngelte eine rote Flamme auf, die ein donnerndes Getöse verursachte.
Die zwei Stunden bis zur Beendigung der Einäscherung brachten wir im Warteraum zu. Dann verließen wir auf Aufforderung eines offenbar damit beauftragten alten Mannes den Warteraum und stellten uns vor die Krematoriumsgrube, in die der Sarg mit Mutters Leiche vor zwei Stunden hineingelegt worden war. Schließlich brachte der Alte einen großen, länglichen Metallkasten ohne Deckel, und darin lagen Mutters Knochenreste. Ein Teil hiervon war für die Verwandten, ein anderer Teil für Freunde und Nachbarn bestimmt. Der Alte teilte die Knochenreste mit langen Stäbchen entsprechend ein. Ich nahm gleichfalls mit Stäbchen die ersten auf, und nach mir waren alle Anwesenden an der Reihe. Wir taten die Knochenreste in ein weißes Gefäß. Was dann noch übrig war, legte ich ebenfalls dort hinein. Dann band der Alte das Gefäß kreuzförmig mit einem Draht zu, wickelte es in weißes Papier, stellte es in ein Kästchen aus hellem Holz und legte ein Brokattuch darauf.
Dieses Kästchen nahm ich an mich und bestieg als letzter

den Leichenwagen, wo ganz hinten ein Platz für mich freigehalten worden war. Ich setzte mich, stellte das Kästchen auf meine Knie und hielt es mit beiden Händen fest. Mutter hatte, dachte ich, einen langen und schweren Kampf allein ausgefochten und war nun zu diesen Knochenresten geworden.

Die Berg-Azaleen auf dem Hira-Gipfel
(1950)

Wie schnell die Zeit vergeht, nun sind es schon fünf Jahre. Endlich, nach fünf Jahren, befinde ich mich wieder in dem Gasthof von Katada. Zuletzt war es im Frühling vor dem letzten Kriegsjahr, als die militärische Lage immer prekärer wurde. Seitdem sind also fünf Jahre vergangen. Mir ist, als liege dies in weiter Vergangenheit zurück, doch auch, als hätte sich dies alles erst gestern zugetragen. Offenbar hat mein Zeitgefühl neuerdings schnell nachgelassen. Als ich jung war, fühlte ich anders. In der »Zeitschrift für Anatomie« des vergangenen Monats nannte mich irgend jemand einen kräftigen achtzigjährigen Greis, aber ich bin noch nicht achtzig. Ich habe noch zwei Jahre bis dahin. Doch ich erscheine den Leuten jedenfalls wie ein Greis. Dieses Wort hat etwas Weiches, Warmes an sich, ich kann es nicht leiden. Ich mag die Bezeichnung »alter Gelehrter« lieber: »der alte Gelehrte Shuntarô Miike«.

Um die Aussicht auf den Biwa-See zu genießen, gibt es, pflegte der frühere Eigentümer dieses Gasthofs zu sagen, eine Reihe von Orten wie Miidera, Awazu, Ishiyama, ja so viele, daß man sie kaum an den Fingern aufzählen kann, aber nirgendwo kann man, trotz der Breite des See-Strandes, den Hira-Berg besser bewundern als von Katada aus. Besonders von seinem Gasthof, dem Reihôkan, aus dem Zimmer im Nordosten, sei der Blick auf den Hira am schönsten, sagte er stolz. Tatsächlich heißt der Gasthof deshalb Reihôkan, »Der Gasthof zum Heiligen Berg«, weil dort der Ausblick auf den Hira großartig, ja göttlich schön ist. Zwar ist er nicht so umfassend wie von Hikone aus, wo der Hira den ganzen Horizont von Ost nach West einnimmt, aber wie er eine Reihe tiefeingeschnittener Täler gelassen umarmend, sich bis auf die Westseite des Sees erstreckt, und einen Teil seines Gipfels in Wolken hüllt, all das hat eine besondere Würde, die gewöhnliche Berge nicht besitzen. Der Hira-Berg ist von unbestreitbarer Schönheit.

Wie lange mag der alte Eigentümer dieses Gasthofs wohl schon tot sein? Zwanzig Jahre. Nein, noch länger. Als ich das zweite Mal, wegen der Geschichte mit Keisuke, hierher kam, war er bereits gelähmt und er hatte Mühe zu sprechen. Zwei, drei Monate später wohl erhielt ich die Nachricht von seinem Tode. Er sah damals schon wie ein gebrechlicher alter Mann aus, war aber kaum mehr als siebzig. So habe ich ihn also schon um fast zehn Jahre überlebt.

Nichts in diesem Gasthof hat sich verändert. Als ich das erste Mal hierher kam, war ich vier- oder fünfundzwanzig, und es sind irgendwie fünfzig Jahre vergangen, seit ich damals in diesem Raume saß. Es ist etwas Seltsames um ein Haus, das fünfzig Jahre unverändert geblieben ist. Der junge, jetzige Eigentümer ist das Ebenbild seines Vaters und sitzt mit dem gleichen Gesichtsausdruck und der Gestalt seines Vaters in demselben dunklen Büro neben dem Eingang. Das Landschaftsbild in der von Alter schon bräunlich gewordenen Ziernische des Raums und die kleine Statue des Glücksgottes Hotei sind derselbe Zimmerschmuck wie damals. Bei mir zuhause hat sich alles verändert. Die Möbel, die Menschen, deren Art zu denken. Ich wüßte nichts, was nicht anders geworden wäre. Es ist ein ständiger Wechsel von Jahr zu Jahr, ja, von Stunde zu Stunde, von Augenblick zu Augenblick. Es gibt sicher nicht viele Häuser, in denen sich wie hier immerzu alles verändert. Es ist unerträglich! Setze ich einen Stuhl auf die Veranda, kann ich sicher sein, daß er nach einer Stunde anders steht.

Wie ruhig und still es hier ist! Und wieviele Jahre sind vergangen, seit ich das letzte Mal so völlig entspannen konnte. Es ist die Stunde der Gelehrten. Ich sitze auf der Veranda und niemand beobachtet mich, ich blicke auf den See, betrachte den Hira-Berg. Keiner sieht mich bösartig an, keine lauten, frechen Stimmen zerren an meinen Nerven. Möchte ich einen Schluck heißen Tees, klatsche ich in die Hände, um das Mädchen zu rufen. Vermutlich sähe ich bis zum Abend keinen Menschen, wenn ich nicht hin und wieder Tee trinken wollte und deswegen in die Hände klatschte. Ich höre kein Radio. Auch kein Grammophon oder Klavier. Ich höre die kreischende Stimme von Haruko nicht und auch nicht die der wild herumtobenden Enkel. Oder Hiroyukis Stimme – ja, Hiroyuki ist in den letzten Jahren ein wenig frech zu mir geworden.

Sicher sind sie jetzt alle furchtbar aufgeregt. Bestimmt hat es sie erschreckt, daß ich, ohne ein Wort vorher zu sagen, plötzlich verschwunden bin. Seit ich immer älter werde, gehe ich schon lange nicht mehr allein aus, da man ja nicht weiß, ob mir unterwegs vielleicht etwas zustößt. Und nun bin ich schon fünf Stunden von zuhause weg. Sogar Haruko wird nervös geworden sein. »Der alte Mann ist fort! Der alte Mann ist fort!« ruft sie sicher mit ihrer kreischenden Stimme und rennt in der Nachbarschaft umher, um zu fragen, ob mich jemand gesehen hat. Natürlich wurde Hiroyuki vom Büro nach Hause gerufen, aber er hat, wie er nun einmal ist, zweifellos die Polizei nicht verständigt oder den Verwandten Nachricht gegeben. Er hat vielleicht ein bißchen herumtelefoniert und läuft nun, da er keine Spur von mir fand, mit saurem Gesicht auf dem Flur hin und her. Da er von Natur ängstlich ist, hat er wohl wenigstens seinen Bruder und seine Schwester angerufen.

Und Sadamitsu ist von seinem Universitäts-Institut heimgekommen, sitzt jetzt an meinem Schreibtisch und läßt deutlich erkennen, wie sehr er sich darüber ärgert, daß man ihn mit solchen Geschichten belästigt. Kyôko wird aus Kitano herbeigeeilt sein. Kyôko und Sadamitsu lassen sich bei uns ja nur im äußersten Falle sehen. Mögen sie noch so viel zu tun haben, so könnten sie doch hin und wieder vorbeisehen und mir ein paar Süßigkeiten bringen, nachdem Mutter tot ist. Falls ich dazu schwiege, würden sie mich ohne weiteres ein halbes, ja ein ganzes Jahr vergessen. Daß es so etwas wie Kindespflicht gibt, ahnen sie alle nicht einmal.

Sie sollen sich nur ruhig Sorgen machen! Morgen bin ich – höchst unerwartet – wieder zuhause, als wäre ich nie weggewesen. Auch wenn ich achtundsiebzig bin, habe ich noch immer meine Rechte. Ich kann allein ausgehen, wenn ich es möchte. Auch mir stehen die Rechte zu, von denen heutzutage so viel geredet wird. Es ist nicht einzusehen, warum es mir nicht guttun sollte, allein auszugehen. Als ich noch jünger war, habe ich gern und viel getrunken und dann und wann eine Nacht außer Hause verbracht, ohne Misa, meiner Frau, vorher etwas zu sagen. Manchmal blieb ich drei, vier Tage weg und rief nicht ein einziges Mal zuhause an, wie das Hiroyuki tut. Haruko beherrscht ihn. Er ist zu sanft mit ihr und auch mit den Kindern zu weich, ich mag das nicht!

Es wird kaum ohne große Auseinandersetzung abgehen, wenn ich morgen wieder erscheine. Haruko wird schreien: »Da seht doch! Gerade deshalb macht es mich kaputt, ständig auf ihn achtgeben zu müssen!« und sie wird es genügend laut tun, damit Sadamitsu und Kyôko es hören können. Haruko wirft sich – sie ist eben Haruko – vielleicht auf den Boden und bricht in Schluchzen aus, sie wird alles tun, um die Szene möglichst fürchterlich zu gestalten. Auch die anderen werden mir vorwerfen, daß sie sich die ganze Nacht um mich Sorgen machen mußten. Ich aber schweige. Ich werde ganz ruhig jeden einzelnen von ihnen in die Augen sehen und dann in mein Arbeitszimmer gehen. Hiroyuki wird mir folgen. Er wird mir ins Gewissen reden wollen und sich ausbitten, daß ich in Zukunft auf solchen Eigensinn verzichte. »Wie alt, glaubst du denn, daß du bist?« wird er sagen, »denk an deine Jahre! Wir können das nicht zulassen. Es macht auch auf die Leute einen schlechten Eindruck!« Er wird mir weiter vorhalten, wie verschroben und reizbar ich in letzter Zeit geworden bin. Soll er reden, was er will. Ich antworte mit keiner Silbe. Ich werde schweigend das Photo von Professor Schwalbe an der Wand betrachten, seine ruhigen, sanften und freundlichen Augen. Nachdem wieder Ruhe in mich eingekehrt ist, öffne ich mein Notizbuch und arbeite an Kapitel 9 des »Arteriensystems der Japaner« weiter. Meine Feder eilt schnell über das Papier.

»Im Jahre 1896 bin ich in der Anatomie und Anthropologie mit einer neuen Anschauung hervorgetreten, indem ich behauptete ...« Ach, sie alle haben keine Ahnung von dem, was ich bisher schrieb. Keiner von ihnen wird begreifen, daß aus diesem Vorwort der unsterbliche Ruhm des Gelehrten Shuntarô Miike strahlt. Hiroyuki könnte, selbst wenn er wollte, nicht ein Wort davon verstehen. Ich weiß nicht, wieviele Jahre er Deutsch in der Schule gelernt hat, aber es gibt wenige, die sich so wie er im Vergessen auszeichnen. Sadamitsu übersetzt Goethe. Von ihm könnte ich mir vorstellen, daß er diese Sätze versteht, doch vielleicht begreift er nichts anderes als Goethe – so war er schon immer. Und nicht einmal was seinen Goethe betrifft, kann man sicher sein, daß er ihn richtig erfaßt. Ich weiß nichts von dem Dichter Goethe, aber vielleicht ist Goethe bei ihm genau so launisch und schwierig geworden wie er selber ist. Doch bestimmt war Goethe nicht so egozentrisch wie Sadamitsu, nicht so unfähig, mit seinem Vater und seinen Geschwistern zurechtzukommen. Sadamitsu kennt auf der Welt nichts anderes als Goethe. Es ist schrecklich mit diesem Sohn, der keine Ahnung hat, was sein Vater tut. Er weiß nicht das Geringste von der Bedeutung, von dem hohen wissenschaftlichen Wert meiner Forschungen über das japanische Arteriensystem, von meinem bescheidenen doch wichtigen Werk über die Weichteil-Anthropologie. Und Hiroyuki ist wohl überzeugt, daß eine Hundert-Yen-Note wichtiger sei als eine Zeile meiner Arbeit. Das gleiche gilt auch für die anderen, also Haruko, Kyôko und ihren Mann Takatsu. Andererseits ziehen sie natürlich Nutzen aus meinem großen Ansehen, daraus, daß ich Mitglied der Japanischen Akademie, Träger des X-Preises bin und Dekan der Medizinischen Fakultät der Q-Universität war. Sie geben mit mir so an, daß es eine Schande ist. Na ja. Sollen sie, wenn sie das so gern tun. Falls es also eine Ehre für sie ist, meine Kinder zu sein, könnten sie sich wenigstens bemühen, mich zu verstehen, sie könnten ein bißchen aufmerksamer sein.

Vielleicht wurden auch die Professoren Yokoya und Sugiyama an der Universität verständigt, daß ich plötzlich verschwunden sei. Sie werden sich besorgt fragen, ob ich fortging, um mich umzubringen. Vielleicht glauben sie, ich wollte aus Abscheu vor diesen Zeiten sterben oder weil meine Forschungsarbeit nicht so voranging, wie ich es erwartet hatte? Falls Keisuke noch lebte – ja, der könnte

mich begreifen. Er würde mich mit seinen klaren, sanften Augen anschauen und sich mehr als irgend jemand einem gewissen Verständnis nähern. Er war mein ältester Sohn und wuchs in einem Reihenhaus auf. Damals war ich noch arm, und er war viel sensibler als Hiroyuki und Sadamitsu es sind. Sogar für mich, seinen Vater, stand es fest, daß er ungewöhnlich empfindsam war.
Und doch mochte ich ihn am wenigsten. Er war nie, wie die anderen Kinder, mit mir vertraut, kletterte nicht auf meine Knie – vielleicht kam dies daher, daß ich in den Jahren, als er die Welt um sich zum ersten Male wahrnahm, in Deutschland studierte und deswegen von ihm getrennt war. Er würde mich mit klaren, sanften Augen ansehen, aber es schweigend irgendwie fertigbringen, daß ich mich wohler fühlte.
Ich werde mir nicht das Leben nehmen. So banal denke ich nicht. Das »Arterien-System der Japaner« muß fertig werden. Dieses Werk, das ich selbst mit hundert Jahren kaum schaffte, dieses anstrengende und undankbare Werk, das nach meinem Tode niemand weiterführen kann, wartet auf mich. Mein Leben ist unersetzlich, und in der ganzen Welt kenne nur ich seinen Wert, ja, vielleicht nur ich. Beim Anthropologischen Kongreß 1909 in Berlin sagte Professor Cracci, er schätze den Gelehrten Miike höher ein als dieser es selber täte, und er hoffe nur, daß Miike seine Gesundheit schone. Das sind die klarsten und reinsten Lobesworte gewesen, die ich je vernahm, und sie galten mir. Aber Professor Cracci ist tot. Ebenso Sakura und Iguchi. Sakura und Iguchi erkannten den Wert meiner Arbeit wohl an, sie waren ja selber bedeutende Gelehrte. Es ist aber lange her, daß die wissenschaftliche Welt von ihnen gehört hat. Vielleicht bin ich der einzige, der das jetzt noch beurteilen kann.

Warum wollte ich so plötzlich hierher nach Katada fahren? Das war wahrhaftig ein seltsamer Impuls. Ich wünschte mir so stark, daß ich es kaum in Worte fassen kann, hier im Nordwestzimmer des Reihôkan-Gasthofs zu sitzen und auf den See zu schauen. Wie besessen war ich von dem Wunsch, zu dem jenseits des Sees emporragenden Hira-Berg aufzublicken, daß ich mich nicht länger bezähmen konnte. Natürlich hatte ich mich wegen der lächerlichen Summe von 12 000 Yen geärgert, aber der wahre Grund hatte mit dieser Trivialität nichts zu schaffen.
Gestern wollte ich von Hiroyuki die 12 000 Yen haben, für die er das Papier verkauft hatte, das ich zur Deckung der Druckkosten meines Werks im Keller der Universität gelagert hielt. Hiroyuki blickte mich nur merkwürdig böse an. Er sorgt für meinen Unterhalt, und so schien es ihm, angesichts der enorm gestiegenen Lebenskosten, wohl ganz natürlich, daß dieses Geld ihm gehörte, um damit einen Teil seiner Ausgaben zu bestreiten. Doch damit war ich nicht einverstanden. Das Papier war für die Publikation von Band 3 meiner Arbeit, meines Lebenswerkes »Das Arteriensystem der Japaner« gedacht. Dieses Papier hätte ich nicht für alles in der Welt verkauft, ich hatte es mit dem Geld, das ich während des Krieges zusammengespart hatte, mühsam erworben und es im Keller der Universität untergebracht, da unser Haus durch die Luftangriffe gefährdet war. Es ist kein Papier, um wertlose Romane oder Wörterbücher zu publizieren. Allein das Ergebnis von fünfzig Jahren hingebungsvoller Arbeit von Shuntarô Miike, dem Begründer der Weichteil-Anthropologie, darf darauf gedruckt werden, und sobald die Zeiten sich normalisieren, soll dieses Werk an alle Universitäten und Bibliotheken gehen. Es ist kein gewöhnliches Papier. Es ist Papier, auf

das mein Leben, in einige Millionen Worte Deutsch verwandelt, seinen Niederschlag finden muß. Ich wollte nun das Geld in meiner Schublade verwahren, um in meiner Arbeit etwas beruhigter fortfahren zu können. Obwohl ich mein Leben lang arm war, habe ich mich nie eigentlich arm gefühlt. Ich habe mir oft Geld leihen müssen, aber ich habe gekauft, was ich wollte, habe gegessen, was ich zu essen wünschte und habe jeden Tag Sake getrunken, als sei Sake eine Flüssigkeit, in der man schwimmen kann. Kann man denn Wissenschaft betreiben, wenn man völlig verarmt ist? Nur ein Wissenschaftler kann das verstehen.

Ich habe dieses Papier bei irgendeinem Gespräch einmal aus Versehen erwähnt, aber Hiroyuki und Haruko waren sofort gierig dahinter her. Hätte ich geschwiegen, wären sie nie auf einen solchen Gedanken gekommen.

Es ist mein Papier. Ich lasse es, sagte ich, auf keinen Fall zu, daß auch nur ein Sen davon angerührt wird. Damit wollte ich niemanden verletzen und es hat auch nichts mit Geiz zu tun. Es war mir ernst.

»Vater, du kannst doch nicht nur immer an dich denken!« erwiderte Hiroyuki, und da geriet ich in Zorn.

Hätte er mich bescheiden um das Geld gebeten, wäre ich bereit gewesen, mir die Sache noch einmal durch den Kopf gehen zu lassen. »Wir haben«, so hätte er etwa antworten können, »jetzt eine schwere Zeit. Verzeih, daß wir dich darum bitten, aber würdest du uns nicht einen Teil dieses Geldes für den Haushalt geben?« Ich hätte ihm zwar nicht die Hälfte, aber vielleicht doch ein Fünftel gegeben.

Haruko steckte aus dem Wohnzimmer ihren Kopf herein und rief in unangenehm höflichen, doch eisigen Ton:

»Vater hat recht! Es ist sein Geld! Am besten du gibst es ihm bis auf den letzten Sen!«

»Ja, es gehört mir. Ich will nicht, daß es zum Kauf von Süßigkeiten für die Kinder verschwendet wird!«
Hiroyuki schnalzte mit der Zunge. Ich fand dieses Verhalten von ihm, der ja doch mein Sohn ist, unerträglich. Wäre Misa noch am Leben, hätte man es mit mir nicht so weit getrieben. Freilich, Misa war im Grunde schwach, und in ihrem Alter suchte sie Hiroyuki und Haruko stets in guter Stimmung zu halten, so war im allgemeinen kein Verlaß auf sie, doch da es um das Geld ging, das durch Verkauf des Papiers erlangt worden war, hätte Misa nicht so leicht nachgegeben. Da bin ich ganz sicher.
Was heute morgen geschah, hat alles nur noch verschlimmert. Ich saß an meinem Schreibtisch, um mit der Arbeit anzufangen, da kam Haruko mit einem Bündel Geldscheinen herein, es waren die 12 000 Yen, und legte sie auf meinen Tisch. Nun, dagegen hatte ich nichts, aber sie hätte nicht sagen sollen: »Du fängst also an, das Geld zu lieben!«
Das ist nicht wahr! Ich bin achtundsiebzig Jahre alt und habe ein Leben ehrenhafter Armut ausschließlich meinen Forschungen gewidmet. Außer meiner Wissenschaft habe ich nie etwas anderes geliebt. Hätte ich das Geld geliebt, wäre ich Klinik-Professor geworden, hätte eine Praxis eröffnet, wäre jedenfalls jetzt ein reicher Mann. Ich hätte meine Zeit nicht damit vertan, in einem dunklen Laboratorium an Leichen herumzuhantieren, vermögende Geschäftsleute um Spenden zu bitten, um damit ein Werk in ausländischer Sprache zu drucken, von dem sich auch nicht ein einziges Exemplar verkaufen läßt. Haruko tut mir bitter unrecht. Auch für Verständnislosigkeit muß es eine Grenze geben. Nachdem ich nun schon gezwungen bin, in einer so vulgären Atmosphäre zu leben, im Hause eines Firmenangestellten, den mit Wissenschaft nicht das Ge-

ringste verbindet, und ich in diesen schlechten Zeiten von seinem kleinen Gehalt abhängig bin, wie könnte ich ohne eigenes – wenn auch noch so wenig – Geld, das ich in meiner Schublade versteckt habe, in Ruhe leben? Es fehlt mir die innere Ausgeglichenheit, um in meiner Arbeit zügig voranzukommen. Sie scheinen es mir übelzunehmen, daß ich meine kleine Pension nicht für den Haushalt zur Verfügung stelle. Aber täte ich das, wie könnte ich die Studenten bezahlen, die mir behilflich sind? Meine Pension ist das ganze Geld, das mir für meine Forschungen geblieben ist. Ist es nicht schlimm, wenn ein Sohn hinter der Pension seines Vaters her ist?

Ich habe Haruko nichts erwidert. Ich wollte meinen Mund auch nicht mit einem einzigen Wort beschmutzen. Die zwölftausend Yen habe ich in Empfang genommen und zählte die Scheine mit zittrigen Händen, vor ihren Augen. Es stimmte, und so sagte ich:

»Gut. Du kannst wieder gehen.«

Ich saß noch eine Weile vor meinem Schreibtisch, machte mir Tee und nahm einen Schluck, ohne Kekse dazu zu essen. Ich hielt die Teetasse aus Hagi-Keramik (irgendein Student hat sie mir zu meinem siebzigsten Geburtstag in meiner Abwesenheit auf den Flur gestellt, und ich liebe diese Tasse und auch den Studenten, wer immer er war –) an meine Brust, neigte sie leicht, so daß einige kleine Blasen der dunkelgrünen Flüssigkeit an ihrer Innenseite hinabflossen.

Dann sah ich in den Garten hinaus. Am Gebüsch entlang, das sich vom Tor bis zum Hause erstreckte, kam ein ärmlich, europäisch gekleideter Mann, den ich schon einige Male gesehen hatte, auf den Eingang zu. Ja, es war der Geschäftsführer des Ômori-Ladens. Vielleicht verkaufte

Haruko wieder einen ihrer Obi und Kimono. Sie brachte, als sie heiratete, ihre Kleidung mit hierher, und sie kann sie natürlich nach Gutdünken verkaufen. Aber so schlecht geht es eigentlich noch nicht. Sonst hätte man ja die Klavierstunden für Yûichi aufgeben können. Was für einen Sinn hatte es denn, einen Haufen Geld auszugeben, damit ein zwölfjähriger Junge, der hierfür gar nicht begabt ist, das Klavierspielen lernt? Wie geht einem dieses Geklimper auf die Nerven! Musik ist für Genies da, die selbst ihr Leben dafür einsetzen! Mit dem Malunterricht für die erst achtjährige Keiko ist es nicht viel anders. Absolute, totale Geldverschwendung! Man redet von »Erziehung zur Sensibilität«. Was soll das hier? Wie kann Sensibilität gefördert werden, wenn man nicht gleichzeitig Achtung vor der Wissenschaft lehrt?

Diese sinnlosen Ausgaben für die Erziehung der Kinder sind ein Beispiel, es gibt viele andere, durch die das für das tägliche Leben wichtige Budget einer Familie beschnitten wird. Haruko erzählte neulich, sie habe sich die Schuhe auf der Shijô-Straße putzen lassen, und das habe zwanzig Yen gekostet. Nicht zu fassen. Aber tadelte Hiroyuki sie etwa? Nein, er sagte, er hätte sich vor dem Kyôguku-Gebäude die Schuhe putzen lassen, das habe ihn dreißig Yen gekostet, aber die Schuhputzerjungen seien auch höflicher und gründlicher als in der Shijô-Straße. Ein völlig gesundes Ehepaar bezahlt fünfzig Yen, damit ihm die Schuhe geputzt werden. Was soll man dazu sagen?

Und dann jammern sie, es sei alles so teuer geworden, und sie verkaufen ihre Kleidung. Ihrer Art zu denken fehlt jegliche Logik. Wenn der Mann trinken würde, ja, sogar wenn er soviel wie ein Fisch tränke und dadurch mit der Bezahlung seiner Rechnungen in Schwierigkeiten geriete, hätte ich Verständnis. Mein Leben war, offen gesagt, eine einzige Reihe von Tagen, an denen ich, weil ich so gern trank, meine Schulden kaum bezahlen konnte. Forschung und Alkohol. Der Sezierraum und die Bar. Aber mein Saketrinken hatte, auch wenn man es Verschwendung nennt, einen etwas anderen Sinn. Ich jedenfalls hätte nie an Sake gespart, um mit diesem Geld meine Schuhe putzen zu lassen. Vielleicht hätte ich sogar dann weitergetrunken, wenn ich, um nach Belieben trinken zu können, anderen Leuten die Schuhe hätte putzen müssen. Trinken gehört zu meinen Grundbedürfnissen. Es stellt wie meine wissenschaftliche Forschungsarbeit Forderungen an mich, die ich nicht von mir weisen kann.

Als ich den Geschäftsführer des Ômori-Geschäfts an der Türe klingeln hörte, stand ich auf und zog mich an. Ich legte den mir teuersten Orden an, den des Roten Kreuzes Erster Klasse, den mir die Polnische Regierung verliehen hat, steckte die ersten Seiten von Band 9 meines Lebenswerkes und das Deutsche Wörterbuch in die Mappe, tat die zwölftausend Yen in eine der Außentaschen, doch dann, weil mir dies zu gefährlich schien, in die Brusttasche und ging von der Veranda aus in den Garten. Ich durchquerte den Mittelgarten und verließ das Haus durch das Hintertor. Vielleicht weil mich die Wut gepackt hatte, knirschte es bei jedem Schritt in meinen Kniegelenken.

Langsam kam ich auf die Straße, hatte dort das Glück, ein leeres Taxi zu entdecken und erkundigte mich, wie teuer eine Fahrt nach Katada sei. Ich dachte dabei an etwa zweihundert Yen, aber der Chauffeur, kaum älter als acht- oder neunzehn, erwiderte, es koste zweitausend. Ich brauste auf, meine Hände zitterten. Der Chauffeur griff mit einem Gesicht, als hielte er mich für einen Narren, ans

Steuer und wendete den Wagen, doch ich rief: »Gut. Fahren Sie mich!« Er kam zurück und öffnete im Sitzen die Tür von innen. Früher wäre ein Chauffeur ausgestiegen, um dem Gast die Türe aufzumachen.
Der Wagen schaukelte fürchterlich, ich konnte es kaum aushalten und bat, langsamer zu fahren. Dann verschränkte ich die Arme, zog die Schultern zusammen, verkleinerte so die Oberfläche meines Herzens, um die Last auf ihm zu verringern und schloß die Augen. Das Geschüttel nahm ab, als wir Kyôto verließen und auf die Straße nach Ôtsu hinauskamen. Wir erreichten den Keage-Paß und näherten uns bald Yamashina und Ôtsu. Von dort aus verlief die Straße nach Norden, den Biwa-See entlang, und plötzlich lag der Gipfel des Hira-Berges vor uns. Oh, der Hira! jubelte es in meinem Herzen. Als ich das Haus verließ und dann das Taxi anhielt, hatte ich fast unbewußt Katada als Fahrtziel genannt, und dieser Impuls war richtig gewesen. Ja, wie hatte ich mich nach dem Biwa-See und dem Hira gesehnt! Ich wollte endlich wieder auf der Veranda des Reihôkan-Gasthofs stehen, ganz allein, auf das ruhige Wasser des Biwa-Sees blicken und meine Augen zum Hira hinüberschweifen lassen – so lange, wie ich es mir nur wünschte.

Ich war fünfundzwanzig Jahre alt, als ich den Hira zum ersten Mal sah. Ja, ein paar Jahre vorher hatte ich in einer neuen Nummer der »Photo-Zeitschrift« ein Bild des Hira-Berges gesehen. Damals war ich noch im Ersten Obergymnasium, und als ich diese Zeitschrift, die der Tochter meiner Pensionswirtin in Hongo gehörte, unversehens in die Hand nahm und öffnete, sah ich auf der ersten Seite einen violetten Farbdruck (violett war damals modern), ein

Photo mit der Unterschrift »Azaleen auf dem Hira-Berg«. An dieses Photo erinnere ich mich noch heute sehr deutlich. Es zeigte den Gipfel des Hira, von dem aus eine Ecke des Biwa-Sees zu sehen war, der tief unten wie ein Spiegel leuchtete. Den steilen Hang hinab erstreckte sich zwischen Felsen ein schimmerndes Feld von Gebirgsflora, vor allem von Berg-Azaleen. Aus einem mir unbekannten Grund bewegte mich dieser Anblick tief. Eine Erregung, wie von Äther hervorgerufen, ließ einen Teil meines Herzens erbeben. Ich wurde nicht müde, dieses Photo von den Berg-Azaleen von Hira genau zu betrachten.

Eines Tages, sagte ich mir, werde ich auf diesem kleinen Dampfer stehen, der in einer Ecke dieser Zeitschriftenseite – mit einem Kreis umrandet – abgebildet war, auf diesem Dampfschiffchen, das täglich mehrere Male von Dorf zu Dorf das Ufer des Biwa-Sees entlang fuhr. Zu den geschwungenen Linien des Hira aufblickend, würde ich genau auf diesen Teil des Gipfels klettern, den das Photo zeigte. Irgendwie war ich fest davon überzeugt, daß dieser Tag einmal kommen würde. Er würde kommen. Ja, ganz bestimmt. Ich zweifelte nicht im geringsten daran, mein Herz hatte sich dafür entschieden.

Und ich dachte auch, daß ich mich an diesem Tage sehr einsam fühlen würde. Ja, es war sicher ein Tag, an dem ich es vor innerer Erregung nicht mehr aushielt, ein Tag, an dem niemand meine Stimmung verstand, mochte ich sie auch noch so sehr erklären. Einsam – ja, oder vielleicht sollte ich lieber verzweifelt sagen? Einsam und verzweifelt. Hochtrabende Worte liegen mir im allgemeinen nicht, aber ich glaube, sie allein treffen hier das Wesentliche. An einem Tag der Einsamkeit und Verzweiflung würde ich den Hira besteigen, wo die Berg-Azaleen in Blüte standen, würde mich auf der Erde ausstrecken und unter den kräftig duftenden Blüten schlafen. Dieser Tag würde mit Sicherheit einmal kommen. Er mußte kommen. Wenn ich heute daran denke, war das eine recht negative und passive Stimmung, die ich mir jetzt kaum mehr vorstellen kann, aber damals erschien sie mir als das Natürlichste der Welt. So also lernte ich den Hira zum ersten Mal kennen.

Einige Jahre später sah ich den Berg wirklich. Ich war, glaube ich, fünfundzwanzig Jahre alt. Es war gegen Ende des Jahres, als ich in der Fachschule für Medizin in Okayama unterrichtete, nachdem ich im Vorjahr von der Universität Tôkyô graduiert worden war. Ja, es war sicher im Jahre 1896. In jenen Tagen hatte sich wohl der Gott des Todes meiner bemächtigt. Jeder erlebt in seiner Jugend eine Zeit, in der ihm die Lust am Leben gründlich vergeht. Keisuke war ebenfalls fünfundzwanzig, als er so sinnlos starb. Hätte er jene Krisis überstanden, wären noch manche Jahrzehnte vor ihm gelegen. Dieser weiche, sonst so unentschlossene Keisuke – aber vielleicht war der Gott des Todes, der ihn verfolgte, stärker als der meine gewesen. Was für ein Narr war Keisuke damals, und doch rührte mich etwas an ihm. Wenn er nur noch lebte, dieser Narr! Dieser Narr! Dieser unsagbare Narr! Sobald ich an Keisuke denke, überfällt mich irre Wut.

Der Gott des Todes, der sich meiner, als ich fünfundzwanzig war, bemächtigt hatte, war anders als bei Keisuke, er war reiner. Ich zweifelte am Sinn des Lebens und überlegte mir, ob ich nicht besser sterben sollte. Das große Thema, die Weichteil-Anthropologie, hatte in meinem Herzen noch keine Wurzeln geschlagen, ich hatte meine Lebensaufgabe noch nicht gefunden. Noch nichts war in mir aufgeblüht, es war alles voller unfruchtbarer Furchen und

Lücken. Obgleich ich Naturwissenschaften studiert hatte, war ich mit religiösen und philosophischen Problemen wie vollgestopft. Misao Fujimura stürzte sich den Kegon-Wasserfall einige Jahre später hinunter, aber damals wurde früher oder später ein jeder von dem gleichen Todesgott bedroht. »Die ganze Wahrheit«, hieß es, »läßt sich in dem einen Wort ›unbegreiflich‹ zusammenfassen.« Es waren wunderliche Zeiten, wir alle dachten in vollem Ernst so. Ende der Meiji-Periode verlor sich die Jugend der Nation in Meditationen über das Problem von Leben und Tod.

Es wurde Dezember. Ich wanderte von Okayama nach Kyôto mit einem Band der Zen-Schrift Hekiganroku (»Die Niederschrift von der Smaragdenen Felswand«) unter dem Arm und betrat den Tenryûji-Tempel in Saga. Dort, mit dem alten Weisen G als meinem Meister, übte ich mit Leidenschaft Zazen. Nacht für Nacht saß ich meditierend auf dem Tempelkorridor der Haupthalle. Manchmal ging ich an den mit einer dünnen Eisschicht bedeckten Sôgen-Teich im Garten auf einen Stein. Als die täglichen Übungen zur Feier von Buddhas Erleuchtung zu Ende waren, konnte ich mich vor Erschöpfung kaum auf den Beinen halten. Heute weiß ich, daß es sich um nichts weiter als eine durch Unterernährung, zu viel Arbeit und zu wenig Schlaf verursachte Überreizung der Nerven gehandelt hat.

Nach der Feier an diesem Morgen verließ ich den Tenryûji-Tempel und wanderte nach Ôtsu. Es war wohl gegen acht Uhr morgens, da ich gleich nach Beendigung der Feier wegging. Auf den da und dort im Tempelbezirk verstreut aufragenden Kiefernstümpfen lag eine dünne Schneeschicht, es war sogar für Saga ein kalter Morgen, so kalt, daß mir fast Nase und Ohren erfroren. In meiner baumwollenen Mönchskutte, die nackten Füße in Sandalen, schritt ich so schnell ich konnte von Saga durch Kitano nach Kyôto und weiter, ohne auch nur einmal zu rasten, nach Ôtsu, also die Kyôto-Ôtsu-Straße, die ich heute mit dem Auto gefahren bin. Ich erinnere mich, daß leichter Schnee fiel, als ich in Yamashina an dem Aal-Restaurant Kaneyo vorüberkam. Ich weiß noch heute, wie ausgehungert ich war.

Warum bin ich gerade nach Ôtsu gegangen? Die damalige Situation ist mir heute nicht mehr recht in Erinnerung. Es wäre eine nachträgliche Verdrehung, wollte ich behaupten, daß mich der Gedanke an das Photo des Hira-Gipfels, das ich im Jahre zuvor in jener Photo-Zeitschrift entdeckt hatte, unwiderstehlich dorthin zog. Vermutlich brach ich mit der vagen Absicht auf, am See irgendeinen Platz zu finden, wo ich sterben konnte. Oder ich taumelte wie ein Schlafwandler an den See und der Entschluß, mich hier umzubringen, kam mir erst, als ich das Wasser betrachtete.

Es war ein wirklich kalter Tag. In Ôtsu angekommen, wandte ich mich nach Norden und ging am See entlang. Der Gott des Todes zog mit mir. Zu meiner Rechten dehnte sich die regungslose Wasserfläche in die Ferne. Hin und wieder flogen einige Weihen aus dem Uferschilf auf. Vor mir lag der Hiei-Berg und links und noch weiter in der Ferne ragten schneebedeckte, weiße Gipfel empor – hinreißend schön. Ich war an die sanfteren Berglinien um Saga mit ihren hier und da verstreuten Büschen gewöhnt. Die strenge, großartige Schönheit dieser Berge da ließ mich erstaunen, daß beides »Berg« hieß. Unterwegs habe ich dann einen Händler getroffen und von ihm erfahren, daß die Bergkette vor mir Hira hieß. Hin und wieder blieb ich stehen, um zu diesem Hira aufzublicken, und der Todesgott sah mit mir. Von diesen zackigen, sich weit in die

Ferne erstreckenden Linien fühlte ich mich wie verzaubert, sie hatten etwas Göttliches für mich.

Es war Abend, als ich im Ukimidô-Tempel in Katada ankam. Schon tagsüber war hin und wieder etwas Schnee gefallen, doch nun fing es richtig zu schneien an, die Luft war mit tanzenden Flocken erfüllt. Ich stand lange unter der Dachtraufe des Tempelkorridors, nahm meine Geldbörse mit steifen Fingern aus dem Beutel und band sie auf, es kam ein Fünf-Yen-Schein zum Vorschein. Mit diesen fünf Yen in der Hand verließ ich den Ukimidô-Tempel und betrat die geräumige Vorhalle eines am Seeufer gelegenen Gasthofs. Es war ein stattliches Gebäude, aber irgendwo erinnerte es an ein Unterkunftshaus an ländlichen Poststationen. Es war der Reihôkan.

Noch im Flur stehend fragte ich einen Mann mittleren Alters mit kurzgeschnittenem Haar, der sich an einem Kotatsu-Öfchen im Kontor wärmte, ob ich übernachten könne. Ich streckte ihm den Geldschein hin. Er antwortete mir, ich solle am folgenden Morgen bezahlen und blickte mich verwundert an, als ich ihn drängte, das Geld gleich anzunehmen, doch plötzlich war er freundlich zu mir. Ein fünfzehn-sechzehnjähriges Mädchen brachte mir heißes Wasser, und als ich, auf der Eingangsschwelle hockend, den Saum meiner Kutte hochraffte und meine rotgefrorenen, gefühllos gewordenen Zehen ins Wasser streckte, fühlte ich mich wieder wie ein menschliches Wesen. Dann erhielt ich das beste Zimmer des Gasthofs. Es war schon sehr dunkel geworden und ich mußte die Lampe anzünden.

Ich sprach kein Wort, und als ich mit dem Essen, das mir die Frau des Gasthofbesitzers gebracht hatte, fertig war, setzte ich mich vor die Bildnische zur Zen-Meditation. Ich war entschlossen, mich am nächsten Tag von dem Felsen neben dem Ukimidô-Tempel in den See zu stürzen. Etwas beunruhigt überlegte ich, ob mein fünf Fuß großer Körper ruhig wie ein Stein im Wasser versinken würde. Immer wieder sah ich meinen ertrunkenen Körper auf dem Grund des Sees liegen und hatte das Gefühl, daß dies ein besonders großartiger, männlicher Tod sei.

Im Reihôkan war es so ruhig wie vorher im Tenryûji-Tempel. Die Nacht war kalt, bei der geringsten Bewegung drangen eine Unzahl spitzer Eisnadeln schmerzhaft in mich ein. Ich weiß nicht, wieviele Stunden ich so im Zazen-Sitz verbrachte. Gegen Morgen kam ich zu mir. Völlig erschöpft, ging ich einen Augenblick hinaus und legte mich dann schlafen. Das Bettzeug lag in einer Ecke meines Zimmers ausgebreitet, aber ich benutzte es nicht. Mit einem Arm als Kopfkissen legte ich mich auf die Tatami-Matte und wollte ein paar Stunden schlafen, bis es Tag war.

In diesem Augenblick hörte ich plötzlich einen gräßlichen Schrei, als würde jemandem die Kehle durchschnitten. Es war sicher der Ruf eines Nachtvogels. Ich hob den Kopf und blickte umher, aber die Nacht war so still wie vorher. Erneut legte ich mich zum Schlafen zurecht, da erscholl dieser Schrei zum zweiten Mal, unterhalb der Veranda, in deren Nähe mein Kopf ruhte. Ich sprang auf, zündete eine Laterne an, trat auf die Veranda und schob eine der äußeren Schiebetüren auf. Das Licht erreichte nur die Dachtraufe, darüber hinaus konnte ich nichts erkennen. Feine Schneeflocken fielen unaufhörlich in den schmalen Lichtkegel. Als ich mich über das Geländer beugte, hörte ich den Schrei noch einmal, aber lauter als vorher und ganz nahe unter mir. Da wo der Felsen zum Seeufer abfiel, flog ein Vogel mit unheimlichem Flügelrauschen auf und an mir so dicht vorbei, daß sein Gefieder beinahe meine Wangen streifte. Zu sehen war nichts, aber diese Flügel, die in die schneeige Dunkelheit über dem See flogen, rauschten derart gewaltig, daß es mir fast das Herz durchschnitt. Ich wankte und blieb dann eine Weile unbewegt stehen.

Die unglaubliche Energie – oder soll ich sie Lebenskraft nennen – dieses Nachtvogels erschreckte mich so heftig, daß der Todesgott von mir ließ.

Am nächsten Tag kehrte ich, dem Leben wiedergegeben, bei heftigem Schneetreiben nach Kyôto zurück.

Den Hira-Berg von Katada aus sah ich zum zweiten Mal im Herbst des Jahres 1926, den ich wegen der Geschichte mit Keisuke nie vergessen kann.

In jenem Jahr war ich Dekan der Medizinischen Fakultät der Universität Q geworden und war fünfundfünfzig Jahre alt. Von da bis ich mit sechzig pensioniert wurde, geschahen ständig die unangenehmsten Dinge. Die Geschichte mit Keisuke, ein Jahr später der Tod von Misa, Hiroyukis Heirat und die von Kyôko, die ich beide mißbilligte, dann verfiel Sadamitsu dem Links-Radikalismus, und ich als Dekan war nicht viel mehr als ein besserer Diener, ich war gezwungen, das, was mir am meisten am Herzen lag, meine wissenschaftliche Forschung aufzugeben, jeder Tag irritierte mich stärker.

Die Geschichte mit Keisuke kam ganz und gar unerwartet. Es kam ein Anruf von der Universität R., und als Misa dorthin ging, um sich zu erkundigen, erfuhr sie, daß es Keisuke wegen der Affäre mit einem Mädchen verboten worden war weiterzustudieren. Ich traute meinen Ohren nicht, als Misa in mein Arbeitszimmer hereinkam und mir das berichtete. Keisuke besaß von Kindheit an einen schwachen Willen, seine Leistungen in der Schule lagen ständig unter dem Durchschnitt, und daher ließen wir ihn die Privat-Universität R besuchen, die kein sehr hohes Niveau besaß. Sein Wesen war sanft und aufrichtig, wie man das bei Kindern sonst selten findet. Mir erschien er wie ein Vorbild guten Betragens. Ausgerechnet von ihm wurde nun ein achtzehnjähriges Mädchen von niederer Herkunft, das in einem Café arbeitete, schwanger.

Als ich ängstlich die Abendzeitung aufschlug, fand ich tatsächlich die Überschrift »Liebesaffäre eines Studenten«. Keisukes schlimmes Verhalten, von dem ich nicht das Geringste geahnt hatte, wurde in diesem Artikel mit vielen Einzelheiten ausgeschmückt. »Der Sohn eines bekannten Pädagogen, dem Dekan einer gewissen Universität« hieß es da. Der Name war erfunden, doch jedermann konnte sofort auf meine Person schließen. Damit war meine Position als Erzieher vernichtet. Nun gut, ich hatte mich zwar nie als Erzieher betrachtet, sondern nur als einen Gelehrten, doch das für einen Studenten so wenig angemessene Verhalten meines Sohnes betrübte mich als seinen Vuter. Ich hatte damals mehr Unannehmlichkeiten als einige Jahre später mit Sadamitsu, der in eine linksradikale Affäre verwickelt war. Doch bei Sadamitsu gab es auch versöhnliche Züge. Bei dieser Geschichte mit Keisuke hingegen konnte ich nichts entdecken, was mich hätte trösten können.

Am Abend verließ ich mein Arbeitszimmer nicht. Spät in der Nacht kam Keisuke nach Hause. Ich hörte ihn im Eßzimmer, wie er sich mit Misa in der ihm eigenen weichen Stimme unterhielt. Als ich lauschte, vernahm ich das Geklapper von Geschirr, er aß also wohl.

Ich ging den Korridor entlang, öffnete die Schiebetür zum Eßzimmer. Keisukes Studentenuniform war aufgeknöpft, der weiße Kragen leuchtete hervor. Dieser Anblick, wie er da bequem mit gekreuzten Beinen saß und sich von seiner Mutter bedienen ließ, war zuviel für mich.

»Hinaus mit dir!« rief ich. »Mit so jemandem will ich nicht unter einem Dache wohnen!«

Keisuke setzte sich zurecht. Seine sanften Augen blickten zu Boden.

»Hinaus mit dir! Hinaus!« schrie ich erneut.

Ich dachte nicht, daß er wirklich das Haus verlassen würde, doch um neun Uhr, als Misa hinaufging, um nach ihm zu sehen, war er fort.

Vom nächsten Tag an konnte Misa vor lauter Kummer kaum mehr essen. Ich aber war überzeugt, daß Keisuke, schwach wie er war, sicher bald zurückkommen würde und machte mir keine Gedanken weiter.

Ich weiß nicht, wie Misa dies in Erfahrung brachte, aber sie erzählte mir, daß Keisukes Mädchen trotz ihrer Jugend ziemlich durchtrieben war, sie besaß ein uneheliches Kind und wickelte Keisuke mühelos um den Finger.

»Ob er sie nun hineingelegt hat oder sie ihn, es kommt auf das gleiche hinaus!« gab ich zur Antwort.

Wie erwartet, rief Keisuke an. Es war dies der dritte Tag, nachdem er uns verlassen hatte. Ich suchte nach einer alten medizinischen Zeitschrift in einer neben dem Telefonraum liegenden Kammer, wo ein Teil meiner Bücher untergebracht war, da klang mir Hiroyukis unterdrückte Stimme irgendwie verdächtig. Ich trat nach einer Weile auf die Veranda hinaus, wo er und Misa sich eifrig unterhielten und fragte, ob der Anruf von Keisuke gewesen sei. Zunächst erhielt ich keine Antwort, doch Hiroyuki gab es schließlich zu. Die beiden hatten offenbar ausgemacht, mir nichts davon zu verraten. Keisuke hielt sich mit dem

Mädchen im See-Hotel in Sakamoto auf und Hiroyuki wollte ihm, auf seine Bitte, Geld bringen.

Am Nachmittag des folgenden Tages fuhr ich, trotz Misas Besorgnisse, mit einem Taxi in dieses See-Hotel, um Keisuke zu treffen. Ich bat im Empfang, Keisuke herunterzurufen. Einige Mitnuten darauf hörte ich auf der Treppe vor mir das Schlürfen von Sandalen, und es erschien ein junges Mädchen. Ihr Haar war in Bubykopf-Manier geschnitten, wie es bei Schülerinnen üblich war, und sie trug einen Kimono aus billiger Meisen-Seide mit einem schmalen, rötlichen Obi. Sie sah vernachlässigt und fast kindlich aus. Ich war über ihren Aufzug jedenfalls erstaunt. Auf der halben Treppe blieb sie jedoch stehen und sah zu mir her. Kaum hatte sie mich erkannt, veränderte sich ihr Gesichtsausdruck, sie starrte mich einen kurzen Augenblick lang mit großen, runden Augen an, machte kehrt und rannte mit einer Leichtigkeit nach oben, daß ich an ein Eichhörnchen denken mußte. Sie wirkte überhaupt nicht schwanger.

Nach einer Minute kam Keisuke niedergeschlagen herunter. Wir gingen in die Lobby und setzten uns an einem Tisch einander gegenüber. Ich übergab ihm das Geld, um das er ersucht hatte.

»Du gehst heute noch zurück und wirst das Haus nicht wieder verlassen. Dieses Mädchen wirst du nicht wiedersehen! Misa kümmert sich um dich.«

»Aber ...« Keisuke konnte sich nicht so schnell entscheiden.

»Du gehst heute noch zurück!« wiederholte ich.

Er bat mich um Aufschub bis zum nächsten Morgen, damit er es sich in Ruhe überlegen könne. Ich war so erbost, daß ich am ganzen Körper zitterte, brachte aber kein Wort mehr heraus. Irgendwo im Hotel schien eine Hochzeit gefeiert zu werden und eine Reihe festlich gekleideter Leute warf uns verwunderte Blicke zu. Ich stand auf.

»Gut. Du hast also die Wahl: entweder dieses nichtsnutzige Mädchen oder dein Vater!«

Ich befahl ihm, mir am folgenden Tage seine Antwort nach Katada in den Gasthof Reihôkan zu bringen.

»Ja«, erwiderte er ruhig. »Es tut mir leid, daß ich euch Ärger bereite!«

Mit diesen Worten drehte er sich um und ging die Treppe wieder hinauf. Ich bat den Mann beim Empfang, in dem nicht sehr weit entfernten Reihôkan anzurufen und mich anzumelden. Dann stieg ich in ein Taxi und war nach dreißig Jahren zum ersten Male wieder dort. Die Geschichte mit Keisuke hatte mich seelisch wie körperlich völlig erschöpft. Am nächsten Tag war Sonntag, und ich wollte mich ausruhen.

Der Besitzer des Gasthofs suchte mich in meinem Zimmer auf. Er war alt geworden, aber sein Gesicht war noch fast das gleiche wie vor dreißig Jahren. Ich telefonierte nach Hause, um Misa kurz zu berichten, was geschehen war. Wieviele Jahre hatte ich keinen ruhigen Abend mehr verbracht, einen Abend ohne etwas zu lesen oder zu schreiben? Für ein Enten-Gericht war die Jahreszeit noch zu früh, aber der gebratene, frische Fisch aus dem See schmeckte hervorragend. Ich sank in tiefen Schlaf.

Am nächsten Morgen, gegen zehn Uhr, rief man mich von zuhause an. Ich saß gerade, etwas verspätet, beim Frühstück. Misas Stimme war kaum wiederzuerkennen.

»Vom Hotel kam eben Bescheid. Keisuke und sein Mädchen haben sich heute morgen im See ertränkt. Bitte, geh sofort ins Hotel nach Sakamoto. Wir brechen jetzt auch gleich auf.«

Ich war entsetzt. Was hatte dieser Narr da getan! Er entschied sich für das Mädchen und gab mich, seinen Vater, auf. Nun, gut. Doch als ich mir überlegte, daß er, um mir zu antworten, eine so provozierende Tat wie einen Liebes-Doppelselbstmord begangen hatte, war ich außer mir.

Ich fuhr nicht nach Sakamoto.

Gegen drei Uhr erschien Hiroyuki im Reihôkan. Ich saß eben auf der Veranda in einem Korbstuhl, und als ich mich zu ihm umwandte, starrte er mich bleich und grimmig an.

»Tut er dir denn überhaupt nicht leid?«

»Doch. Wer solche Torheiten begeht, kann einem ja nur leid tun.«

»Sie haben die beiden noch nicht gefunden. Alle möglichen Leute sind behilflich, du solltest dich mit Rücksicht auf sie zeigen!« stieß er hervor und ging. Um mir das zu sagen, war er hergekommen.

Etwa eine Stunde später kamen Misa mit Kyôko und ihrem Verlobten Takatsu. Als Misa bei mir eintrat, hatte ich den Eindruck, als wollte sie sich mir zu Füßen werfen. Doch dann besann sie sich, ging still in eine Ecke des Zimmers, legte sich dort mit dem Gesicht auf den Boden und bewegte sich nicht mehr. Ich erkannte gut, daß sie verzweifelt bemüht war, nicht in Tränen auszubrechen.

»Noch vor Abend kommen sie vielleicht hoch«, sagte Takatsu. Er meinte damit die beiden Leichen.

Es mißfiel mir, daß er in einem solchen Augenblick bei mir war. Natürlich hatte ich von allem Anfang diese Heirat mißbilligt. Sein Vater, der erfolgreichste oder doch wenigstens der zweiterfolgreichste Geschäftsmann in Ôsaka, war ein ungebildeter Emporkömmling, der sich um die Wissenschaft weniger als nichts scherte, seine hochnäsige Arroganz empörte mich. Bei unserer ersten Begegnung erklärte er: »Die Kosten für den Druck Ihrer Arbeit kann ich sicher übernehmen!« Misa und die Kinder besuchten ihn eines Tags, und sie wurden anscheinend von der Macht seines Geldes wie erstickt. »Sein Haus ist riesig, sein Empfangszimmer phantastisch, er besitzt ein Landhaus in Yase und eines in Takarazuka!« und so weiter. Ich fand diese plötzliche Begeisterung unerträglich.

Dazu kam, daß sein Sohn, Takatsu, drei Jahre in Frankreich studiert hatte, aber von nichts anderem als dem Louvre reden konnte. Er lernte in dieser Zeit überhaupt nicht, und er trank auch nicht, rannte nur dauernd umher, um sich Bilder anzusehen, obgleich er doch kein Maler war! Er vertat nutzlos die Zeit. Und nun kam er, mochte es regnen oder schneien, jeden Sonntag zu uns ins Haus, um abzuwarten, ob wir mit seiner Absicht, Kyôko zu heiraten, einverstanden waren. Einen solchen Menschen begreife ich nicht. Als ich ihm offen erklärte, ich willigte in eine Heirat nicht ein, brach Kyôko in Tränen aus. Das hatte ich nicht erwartet. Ich fragte die anderen nach ihrer Meinung und mußte erkennen, daß alle, Misa wie die Kinder, mit dieser Heirat einverstanden waren. Takatsu hatte offensichtlich auf alle außer mir einen guten Eindruck gemacht. Weder Keisuke noch Hiroyuki interessierten sich irgendwie für die Wissenschaft, auf Sadamitsu war kein Verlaß, und so hatte ich gehofft, Kyôko würde jemanden heiraten, der sein Leben der Wissenschaft verschrieb. Jetzt mußte ich auch diese Hoffnung begraben.

Jedenfalls mißfiel es mir in höchstem Maße, daß sich Takatsu, noch bevor der Termin für die Hochzeit festgesetzt war, in diese wichtige Besprechung der Miike-Familie eindrängte, und so sagte ich:

»Kyôko, laß deine Mutter mit mir allein. Geh ins Hotel nach Sakamoto zurück.«

Kyôko und Takatsu ließen sich im Gasthof ein Eßpäckchen zurechtmachen, lärmend wurde ein Taxi gerufen, und benahmen sich, daß man hätte annehmen können, sie bereiteten einen vergnügten Ausflug vor. Dann fuhren sie ab.

Nachdem so wieder Ruhe in mein Zimmer eingekehrt war, versuchte ich für Misa ein paar freundliche Worte zu finden, aber statt dessen schalt ich sie:

»Es ist deine Schuld, daß es mit Keisuke soweit kam! Du hast ihn verzogen!«

Misa lag noch immer mit dem Gesicht zur Erde da. Sie war so still, als sei sie tot.

»Auch bei Hiroyuki und Kyôko wird sich herausstellen, daß sie nichts taugen!« fuhr ich fort. »Meine Geduld ist zu Ende!«

Misa blickte auf, erhob sich und wankte zur Veranda. Mit einer Hand an der Schläfe, blickte sie mich, an einen Pfosten gelehnt, an. Weder bis dahin noch seither hat sie mir auf eine solche Weise wortlos in die Augen gesehen. Dann setzte sie sich, als bräche sie zusammen, auf den Boden der Veranda.

»Ich meine, du trägst auch zur Hälfte Schuld! Was hast du je für die Kinder getan?« sprudelte es mit einem Mal aus ihr, die doch sonst so schweigsam war, heraus, so daß ich mich fragte, ob sie plötzlich den Verstand verloren habe.

»Du warst in Deutschland, als die Kinder noch klein waren. Mit der Absicht, drei Jahre dort zu bleiben, bist du abgereist und acht bist du geblieben. Während der letzten fünf Jahre hast du weder uns noch dem Kultusministerium geschrieben. Du kannst dir nicht vorstellen, wie furchtbar diese Jahre für uns alle waren!«

Es war, wie sie sagte. Ich ging mit dem Geld, das mir das Kultusministerium für drei Jahre bewilligt hatte, äußerst sparsam um und blieb damit acht Jahre. Ich dachte weder an meine Frau, noch an meine Kinder, noch an mein Haus. Ich hauste in einem billigen Zimmer, aß Schwarzbrot und starrte gewissermaßen auf die Wissenschaft, diesem erhaben in der Ferne aufragenden Berggipfel, wie ich sie von den japanischen Alpen her kenne. Anders wäre es mir unmöglich gelungen, so intensiv zu arbeiten.

Misa fuhr fort. »Forschung, Forschung sagst du und hattest weder Sonn- noch Feiertag. Kannst du einmal etwas Zeit erübrigen, beschäftigst du dich nur mit Leichen. Nach Hause gekommen erklärst du, du hieltest den Leichengestank nicht mehr aus und fängst zu trinken an. Und wie hätten wir uns gefreut, wenn du uns dabei etwas Lustiges erzählt hättest, aber selbst beim Trinken hast du nur immer deutsch geschrieben. Was hast du für die Kinder getan? Hast du je die Schulberichte gelesen? Bist du auch nur einmal mit den Kindern in den Zoo gegangen? Ich und die Kinder sind Opfer deiner Forschung geworden!«

Ich hatte nicht erwartet, daß ich das gerade von Misa hören mußte, die mir doch in den langen Jahren der Armut so selbstlos bei meinen Forschungen geholfen hat.

»Schluß damit!« rief ich. »Ich habe auch mich geopfert!«

Ich starrte, wie ich das schon seit dem Aufstehen getan hatte, auf dem Korbstuhl sitzend geistesabwesend auf den See hinaus. Erhob ich die Augen, sah ich den Hira-Berg, der in dunklem Septemberlaub prangend, ruhig vor mir lag, als wollte er mich mitumfassen.

»Ich gehe ins See-Hotel zurück«, sagte Misa kalt, und fuhr

fort: »Ich weiß nicht genau, was du mit Keisuke gesprochen hast, aber der Junge wird dich verflucht haben, als er starb!«
Damit stand sie auf und wandte sich zum Gehen. Vielleicht hatte sie keine Tränen mehr. Ihr Gesicht sah seltsam glatt aus, als sie sich den Schal umlegte. Mit heftiger Gebärde nahm sie das mitgebrachte Bündel auf, drehte sich abrupt um und verließ den Raum, als wollte sie nie wieder zu mir zurückkehren.
Mich überfiel unsagbare Einsamkeit. Das genügt, sagte ich zu mir und stand auf. Doch dann setzte ich mich wieder. Ich wußte einfach nicht, was ich tun sollte.
Schließlich rief ich den Besitzer des Gasthofs, bat um einen Notizblock und wollte an Tanio Kaigetsu schreiben, an den ich all die Jahre hindurch nicht gedacht hatte. Er war weder Anatom noch Anthropologe. Sieben Jahre lang studierte ich unter Professor Schwalbe in Straßburg, hauptsächlich über die den Muttermalen ähnlichen blauen Flecken bei Kindern, betrieb aber auch grundlegende Forschungen zu meinem Lebenswerk über die Weichteil-Anthropologie. Nachher arbeitete ich ein Jahr lang im Leydener Museum in Holland – eigentlich war das nur ein Abstecher von meiner Arbeit! – und maß die Schädel von etwa tausend Philippinos. In einer Bar, die von einer Japanerin geführt wurde, versammelten sich während meiner Studienzeit in Leyden die japanischen Wissenschaftler, die dort lebten und so lernte ich auch Tanio Kaigetsu kennen.
Er war ein etwas absonderlicher buddhistischer Bonze, der, ungefähr sechs Jahre älter als ich, in Leyden Sanskrit studierte. Mir gefiel seine unbefangene, großzügige Art zu trinken; das Wort ›Sake-Heiliger‹ traf genau auf ihn zu.

Selbst beim Trinken dachte er nur an seine Wissenschaft. Ich verstehe nichts von seinem Fach und zweifellos wußte er auch nichts von dem meinen. Aber wir paßten in unserer Art gut zusammen. Beide kannten wir die Würde der Wissenschaft und respektierten uns gegenseitig als Gelehrte. Als ich Leyden verließ, sagte Tanio Kaigetsu, ich sollte mir zum Abschied etwas wünschen, was ihm selber sehr wertvoll sei. Und ich erwiderte: »Laß mich deinen Körper sezieren, wenn du tot bist!«

Kaigetsu schrieb daraufhin mit seinem Pinsel auf gewöhnliches japanisches Schreibpapier sein Testament: »Ich vermache meinen Körper dem Anatom Shuntarô Miike.« Auf die Kopie, die er behielt, fügte er hinzu: »Meine Verwandten sollen dagegen keinen Einspruch erheben.«

Ich hatte Kaigetsu seit unserem Abschied am Eingang des Leydener Museums im Jahre 1912 nicht mehr gesehen, es war mir jedoch bekannt, daß er einige Jahre nach mir zurückgekehrt war und bei guter Gesundheit als Abt eines kleinen Tempels in der Präfektur Shinano lebte. Ich war überzeugt, daß man mir im Buddhologischen Seminar der Universität die Adresse von Tanio Kaigetsu, diesem im Verborgenen lebenden alten Buddhologen, mitteilen könnte.

Diesen Tag wollte ich mit einem Brief an Kaigetsu verbringen. Das Versprechen, das er mir gegeben hatte, war wohl auf dieser Welt das einzige, das diese Bezeichnung verdiente. Außer diesem gab es in meinen Beziehungen zu anderen nichts, worauf ich mich verlassen konnte.

Aber ich saß, mit der Feder in der Hand, lange da und wußte nicht, wie ich beginnen sollte. Es erschien mir ungeheuer schwierig, in diesem Augenblick das starke menschliche Gefühl von Vertrauen und Liebe, das ich nach so langen Jahren noch für Kaigetsu empfand, in entsprechende Worte zu fassen.

Als ich die Feder hinlegte und aufsah, schimmerte der See wundervoll in herbstlichem Abendrot. Im äußersten Osten waren auf dem Wasser viele Boote zu erkennen, die still wie abgefallene Blätter dahintrieben. Keisuke und jenes Mädchen . . . Ja, ich konnte mir das mit Keisuke zusammen gestorbene junge Mädchen, das mich auf halber Treppe im See-Hotel angesehen hatte, nur als junges Mädchen vorstellen. Die vielen Boote auf dem See da suchten, dachte ich mir, vielleicht gerade nach der Leiche von Keisuke und der jenes jungen Mädchens.

Schließlich schrieb ich Kaigetsu doch nicht. Ich saß auf dem Korbstuhl der Veranda, mit dem See vor mir und versuchte mit aller Kraft dem standzuhalten, was so plötzlich über mich hereingebrochen war. Mit hereinbrechender Nacht ging ich in das Zimmer zurück und blickte nach Osten über den See. Dort an der gleichen Stelle waren noch immer die vielen Boote, wie Lichter zur Illumination blieben sie unbeweglich bis spät in die Nacht.

Das dritte und bis jetzt letzte Mal sah ich den Hira-Berg vom Reihôkan in den dunkelsten Tagen, die Japan in seiner Geschichte erlebte. Mein Herz, das Herz eines jeden von uns, war in Finsternis gestürzt, in der kein Funke Hoffnung glomm.

Wir wußten nicht, wann die Bombardierungen der Städte beginnen würden. Tag für Tag wurde die Bevölkerung durch Zeitung und Rundfunk dringend aufgefordert, zu evakuieren. Je mehr sich die Kriegslage verschlechterte, desto dunkler wurde die Zukunft für uns Japaner. Damals, im Frühjahr 1944, fuhr ich in Begleitung von Atsuko,

Harukos jüngster Schwester, nach Katada. Sie besuchte die fünfte Klasse der Oberschule. Fast zwanzig Jahre waren seit der Geschichte mit Keisuke vergangen.
Ich lebte damals allein in unserem Haus in Kyôto, nur von einem Dienstmädchen versorgt. Im Januar des Jahres war Hiroyuki in die Kanazawa-Filiale seiner Firma versetzt worden, seine Familie folgte ihm. Eigentlich war er jedoch nicht »versetzt« worden, er strebte aus der gefährlich gewordenen Stadt aufs Land. Für einen Mann mit vier Kindern, von denen das älteste erst elf Jahre ist, war das wohl natürlich.
Aber offenbar beunruhigte es ihn wie auch Haruko, einen alten Mann wie mich in Kyôto allein zu lassen, sie hatten mehrere Male hartnäckig versucht, mich zu überreden mitzukommen, doch ich hatte abgelehnt. Vermutlich nahmen sie meine Weigerung für ein Zeichen von Altersstarrsinn, aber das war es nicht. Für mich gab es nichts Wichtigeres als meine Arbeit. Auch mit noch so großer Zähigkeit hätte es niemand vermocht, mich von meinem Schreibtisch zu entfernen.
Hiroyuki argumentierte, ich könnte doch nur so lange forschen, als ich lebte, doch mein Leben war ja die Forschung. Mein Werk bedeutete mir alles und, falls ich von der Universität allzu weit weg wohnte, konnte ich es nicht fortsetzen. Es mußte mir jederzeit möglich sein, ins Anatomische Institut zu gehen. Die Universitätsbibliothek und die Bibliothek des Instituts waren von meiner Arbeit nicht zu trennen. Falls ich Kyôto verließ, hieß das Stillstand für meine Arbeit.
Hiroyuki hatte erklärt, ich könnte nur so lange forschen, als ich lebte, doch mir, einem Mann von dreiundsiebzig Jahren, war noch viel bedrängter zumute. Jeden Morgen,

wenn ich mich an den Schreibtisch setzte, um weiter zu arbeiten, schwebte mir mein eigenes Kreislaufsystem vor Augen. Ich wußte, meine Adern waren so degeneriert, daß sie jederzeit wie Biskuit zwischen den Fingern zerbröckeln konnten. Selbst wenn kein Krieg wäre, handelte es sich bei mir um einen Wettlauf mit dem Tod. Jeder Tag, den ich noch erlebte, war ein Gewinn. Hatte ich Glück, würde ich wohl dreiundneunzig Jahre alt sein, bis mein »Arteriensystem der Japaner« fertig war. Es war mir klar, daß ich das Ende meiner Arbeit nie erleben würde, und deshalb wollte ich soviel wie nur möglich schreiben. Ich nahm mir vor, die Arbeit in aufeinanderfolgenden Bänden zu publizieren, und jeder Band sollte gleich nach Fertigstellung in die Druckerei geschickt werden. Freilich konnte man zu jener Zeit nie wissen, ob noch Druckereien existierten.

Selbst wenn es mir gelang, einige Bände zu veröffentlichen, wäre es doch unmöglich, sie ins Ausland zu schicken. Zunächst hatte ich daran gedacht, meine Arbeit durch Vermittlung des Deutschen Konsulats in Kobe irgendwie an die Universitäten der Achsenländer zu senden, aber der Fortgang der Kämpfe in Europa ließ die Erfüllung meines letzten Wunsches unmöglich erscheinen.

Ich saß in jenen Tagen am Schreibtisch und nutzte gierig jede Minute. Ich mußte unbedingt schreiben. Falls ich nur schrieb, würde, davon war ich überzeugt, alles ein gutes Ende nehmen. Jahre, Jahrzehnte nach meinem Tode fände meine Arbeit auf irgendeinem Wege die Anerkennung der gesamten akademischen Welt. Sie würde ein Fels von ewiger Dauer sein. Andere Wissenschaftler würden meinen Forschungen folgen und die Weichteil-Anthropologie würde so zur Vollendung gelangen. So dachte ich, so vertraute ich, und so trieb ich mich zur Arbeit an.

Trotzdem träumte ich damals oft, daß mein Manuskript in Brand geriet und hohe Flammen mitsamt dem Rauch bis zum Himmel empor schlugen. Nach einem solchen Traum wachte ich jedesmal mit Tränen in den Augen auf.

In der Nähe der Universität gab es ein kleines Antiquariat, an dem vorbeizugehen mich jedesmal schauderte. Ich wußte, daß unter dem Staub in einer Ladenecke ein Manuskript mit dem Titel »Topographie von Kyôto« lag. Der Autor war mir unbekannt, aber das Werk war mit Pinsel sorgfältig auf japanisches Papier geschrieben. Ich wußte nicht, ob es irgendeinen Wert besaß. Jedenfalls lag da etwas, was jemand mit allergrößter Hingabe und Anstrengung verfaßt hatte, noch drei Jahre, nachdem ich es entdeckt hatte, in der gleichen Ladenecke, mit einer dünnen Schnur zusammengebunden. Mir war die Vorstellung unerträglich, daß eines Tages auch mein, mit vielen hundert Illustrationen ausgestattetes Manuskript »Das Arteriensystem der Japaner« das gleiche unglückliche Schicksal erleiden könnte. Immer wenn ich an dem Geschäft vorbeiging, dachte ich bedrückt daran, daß vielleicht auch mein Lebenswerk so schlimm enden könnte.

Jeden Sonntag kam Atsuko von Ashiya herauf, mich zu besuchen. Wohl um den alten, allein vor sich dahinarbeitenden Mann zu trösten, nahm sie aus ihrem Tuch Brot heraus, das sie, wie sie sagte, selbst gebacken hatte und legte es mit ein paar Äpfeln zusammen auf meinen Schreibtisch. Äpfel waren damals nicht leicht zu bekommen.

Ich mochte die siebzehnjährige Atsuko gern. Sie war bescheiden und zurückhaltend, ganz das Gegenteil ihrer Schwester Haruko, die das Auffallende, Modische liebte. Und dabei war Atsuko offen und heiter. Meinem ganzen Wesen nach bin ich unfähig, meine Enkel zu lieben, aber für Atsuko, die nicht einmal zur Familie gehörte, fühlte ich eine fast väterliche Wärme. Auch sie schien mich alten Mann zu mögen.

An einem Morgen ging ich im Garten spazieren. Gewöhnlich machte ich mich gleich nach dem Frühstück an die Arbeit, aber an jenem Morgen war es anders. Ich lief erregt auf und ab. Die Frühlingssonne schien durch das Gebüsch auf die Erde, aber ich war von einer rauhen, wilden Kälte gepackt, die nicht einfach mit Zorn oder Einsamkeit zu erklären war. Um mich etwas zu beruhigen, ging ich im Garten umher.

Die Namen der Empfänger der Kaiserlichen Kulturorden waren gerade an jenem Morgen in der Presse mit großem Aufwand bekanntgegeben worden. Sechs Gelehrte aus den Geistes- und Naturwissenschaften waren für diese Kulturorden ausgewählt worden, die größte Ehre, welche die Nation ihren Wissenschaftlern erweisen kann.

Ich betrachtete eine Weile das Photo der Gelehrten, auf dem sie mit dem Orden auf der Brust in einer Reihe standen und wünschte mir gleichfalls einen solchen Orden. Wie gern hätte ich gesehen, daß auch ich vor der Welt in dieser Weise gerühmt und meine Leistungen öffentlich anerkannt wurden. Daß Achtung, Interesse und Verständnis meines Landes und seiner Bevölkerung sich auf mich konzentrierten. Ich hatte noch nie irgend jemand um weltliche Ehren beneidet, doch diesmal hätte ich zu gern die allgemeine Anerkennung auf meinen abgemagerten Schultern gespürt.

War denn meine Arbeit nicht bedeutender als die jener sechs Wissenschaftler? Ich legte die Zeitung auf den Wohnzimmertisch, ging in mein Arbeitszimmer zurück, setzte mich dort an den Schreibtisch, stand dann wieder

auf, verließ mein Arbeitszimmer und schritt in den Garten hinaus. War denn meine Lebensarbeit nicht eine öffentliche – vielleicht die letzte noch mögliche – Anerkennung wert? Taugte mein Werk nicht, von der Regierung gelobt, vom Volk bewundert und respektiert, von der ganzen Nation geschützt zu werden? Jetzt, an diesem Tage, wünschte ich mir für meine Arbeit eine öffentliche Ehrung, gleichgültig wie groß sie war. Wie gering eine solche auch sein mochte, ich wollte mich an irgend etwas klammern. Der Name Shuntarô Miike mußte in die Herzen der Menschen eingeschrieben werden. Der Wert der Arbeit von Shuntarô Miike mußte möglichst vielen erkennbar sein. Doch nun stand ich am Ende meines Lebens und mein Land unmittelbar vor dem Zusammenbruch. Meine mehrere tausend Manuskriptseiten würden einem unvorhersehbaren Schicksal überliefert werden. Vielleicht ging mein Lebenswerk in Rauch auf, bevor es anerkannt worden war. Unwillkürlich erinnerte ich mich an Professor Schwalbe, dem ich so viel verdankte, Tränen traten in meine Augen.
Aus dem Büro der Universität kam in diesem Augenblick ein Anruf. Man wollte am nächsten Tag einen feierlichen Empfang für Dr. K. geben, einen der sechs mit dem Kulturorden ausgezeichneten Wissenschaftler, und ich sollte im Namen der emeritierten Professoren ein paar Worte des Glückwunsches sagen. Ich lehnte ab.
Noch waren keine fünf Minuten vergangen, da rief mich Professor Yokoya, einer meiner früheren Studenten, an und bat mich um dasselbe.
»Ich habe keine Zeit übrig, Glückwunschbotschaften für andere zu schreiben«, sagte ich. »Ich bin mit meiner eigenen Arbeit mehr als ausgefüllt. In meinem Alter kann es niemanden überraschen, wenn ich schon morgen tot bin.«

Yokoya beharrte, höflich wie er war, nicht weiter darauf. Kaum hatte ich aufgehängt, rief ein Reporter von irgendeiner Zeitung an. Auch er wünschte ein paar Bemerkungen über einen der Ordensempfänger.

»Ich bin an nichts weiter als an meiner eigenen Arbeit interessiert. Es ist völlig sinnlos, daß Sie sich hierher bemühen!«

Mit diesen Worten hängte ich ein. Da mich in dieser Sache vermutlich noch mehrere anriefen, legte ich den Hörer neben den Apparat.

Ich stieg wieder in den Garten hinunter. Trauer und Einsamkeit überwältigten mich plötzlich. Da trat, während ich so hin und her ging, Atsuko aus dem Gebüsch des Mittelgartens auf mich zu, sie hatte zu einer Matrosenjacke eine Arbeitshose an. Ihr unschuldiges Gesicht kam mir wie eine Blume vor (ja, ich empfand sie damals wirklich wie eine Blume!). Sie packte ein paar Lebensmittel aus, die ihr von zuhause für mich mitgegeben worden waren und legte sie auf die Veranda.

»Hättest du keine Lust, mit mir zum Biwa-See zu fahren?« fragte sie mich.

»Zum Biwa-See?« Ihre unerwartete Aufforderung überraschte mich.

»Bitte, gehen wir! Ich möchte gern dort ein wenig rudern.«

Sogar in dieser fürchterlichen Kriegszeit schien die Frühlingswärme das junge Mädchen mehr als sonst fröhlich zu stimmen. Ich wunderte mich, wie wenig ich mich sträubte.

»Gut. Du willst mich also zum Biwa-See mitnehmen?«

An diesem Tag war ich sowieso nicht mehr zur Arbeit imstande, sagte ich mir, und so konnte ich dem Mädchen wenigstens einen Wunsch erfüllen.

Wir ließen an der Haltestelle Sanjô der Kyôto-Ôtsu-

Strecke verschiedene Züge vorbeifahren, bis wir endlich einen mit freien Sitzplätzen fanden. Wir stiegen ein und fuhren nach Ôtsu. Nach fast zwanzig Jahren kam ich also nun wieder zum Biwa-See. So lange ich an der Universität tätig war und sogar nach meiner Emeritierung hatten sich mir genügend Gelegenheiten geboten, zu Banketten und anderen Veranstaltungen nach Ôtsu zu reisen, aber seit jener Geschichte mit Keisuke war mir der Anblick des Biwa-Sees zuwider geworden und ich mied ihn.

Doch jetzt, da Atsuko mit mir an den See fuhr, sah ich nur, wie wunderschön er war. Die Zeit ist etwas Fürchterliches, der Schmerz über Keisukes Tod war in meinem Herzen erloschen. Die Wasserfläche schimmerte in der Mittagssonne wie von tausend Fischschuppen. Atsuko hatte gesagt, sie wolle rudern, und wir fanden tatsächlich kleine Segel- und Ruderboote über den See verstreut. Hierher wenigstens war der dunkle Schatten des Krieges noch nicht gefallen.

Als ich jenseits des Sees den Hira-Berg aufragen sah, befiel mich plötzlich das Verlangen, nach Katada zu fahren. Zufällig war ein Dampfer abfahrbereit und wir kletterten an Bord.

Eine halbe Stunde später erreichten wir Katada. Wir ruhten uns zunächst im Reihôkan etwas aus. Von der Familie des Gasthofbesitzers war niemand mehr da, nur ein unliebenswürdiges Dienstmädchen empfing uns. Die Fenster im Korridor waren zerbrochen, das Haus war, wie damals alle Gasthöfe, arg heruntergekommen.

Wir verließen den Reihôkan und Atsuko half mir, nicht weit von der Pier entfernt, wo unser Dampfer angelegt hatte, in ein Ruderboot. Ich hatte noch nie in einem solchen Boot gesessen. Atsuko hatte aus dem Ruderhaus ein dünnes Kissen für mich geliehen, legte es auf meinen Sitz, nahm meine Hände, damit ich mich an der Bootsseite festhalten konnte.

Kein anderes Boot glitt mit uns beiden über das ebene Wasser. Kraftvoll rudernd, beugte und streckte sich Atsuko, auf ihrer Stirn standen Schweißperlen.

»Genießt du es?« fragte sie mich.

Nun, ich genoß es nicht unbedingt, da mir von den Ruderriemen ständig Wasser ins Gesicht spritzte und mein Leben ja einem äußerst unvollkommenen kleinen Boot ausgeliefert war. »Ja, es ist herrlich« antwortete ich. Ich verbot ihr jedoch, sich allzu weit vom Ufer zu entfernen.

Am Ufer blühten da und dort die Kirschbäume. Die Aprilluft war noch etwas kalt, doch wundervoll rein. Der Hira war schön.

Ein Fisch sprang neben unserem Boot aus dem Wasser. »Oh, ein Fisch!« rief Atsuko mit großen Augen und ruderte schnell dahin, wo der Fisch aufgetaucht war. Mir fiel in diesem Augenblick das junge Mädchen ein, das ich vor zwanzig Jahren einmal auf halber Höhe der Treppe im See-Hotel gesehen hatte, jenes achtzehnjährige Mädchen, das mit Keisuke gestorben war. Irgend etwas von ihr erkannte ich in Atsuko wieder. War es die leicht übertriebene, kindliche Überraschung über den Fisch, der in die Höhe gesprungen war oder die flinken Bewegungen, mit denen sie das Boot dahingerudert hatte. Jedenfalls verschwammen die Bilder von Atsuko und jenem Mädchen ineinander, mich ergriff eine Art Schwindel. Vielleicht war jenes Mädchen so wie Atsuko gewesen. Seltsamerweise fühlte ich gegen sie, die mir Keisuke geraubt hatte, keinerlei Zorn mehr. Eher empfand ich etwas wie Zuneigung, wie ich sie für Keisuke nie gefühlt hatte.

Ich starrte in das Wasser, in dem Keisuke und das Mädchen versunken waren und streckte meine Hand aus dem Boot ins Wasser. Es glitt durch meine dünnen, alten Finger und war kälter als ich erwartet hatte.

Auch Atsuko ist nun tot. Sie wurde durch die Typhus-Epidemie zu Kriegsende hinweggerafft. Misa ist ebenfalls gestorben. Auch Kyôkos Schwiegervater, den ich nie leiden konnte, ist tot. Tanio Kaigetsu starb in dem Jahr, als der Krieg zu Ende ging. Gute und schlechte Menschen – sie sind alle nicht mehr da.

Als Kaigetsu starb, kam von seiner Familie sofort eine Nachfrage wegen der Sektion seines Körpers. Kaigetsu wollte offenbar sein vor 34, 35 Jahren mir gegebenes Versprechen erfüllt sehen, aber die Zeiten hatten sich verändert, und so blieb der in Leyden geschlossene Vertrag schließlich doch unerfüllt.

Es ist bald Abend und der Wind, der von dem See her weht, ist kühl. Besonders am Hals und an den Knieen fröstelt mich. Es ist Mai, aber ich hätte mich jetzt gern in Kleidung aus Baumwolle oder Flockseide gehüllt. Besonders stark rauscht es heute in den Ohren. Es hört sich wie ein starker Wind an. Tatsächlich, der Wind hat zugenommen.

Vermutlich herrscht zuhause, weil ich so plötzlich verschwunden bin, große Aufregung. Diese Erfahrung wird für sie alle von Nutzen sein. Sie wird sie zur Vernunft bringen. Vielleicht sind Yokoya und Sugiyama von der Universität von diesem überraschenden Ereignis unterrichtet worden und eilten herbei um zu hören, was ihrem Wohltäter zugestoßen sei. Ich sehe ihre besorgten Mienen. Sie sind an der Universität äußerst einflußreich, aber besitzen sie auch nur im entferntesten meine Fähigkeiten als Wissenschaftler? Ich glaube, sie begreifen den Wert meiner Arbeit gar nicht recht. Wenn sie mich sehen, heißt es höchst respektvoll »Herr Professor Miike«, aber was soll das? Kaum bin ich außer Sicht, reden sie von dem »Alten«. Ich weiß noch gut, wie sie sich während des Krieges verhalten haben. Sie setzten sich eifrig für die Evakuierung der Universität und den Kriegsdienst der Studenten ein. Ihre Forschungsarbeit ließen sie im Stich. Ich schwieg damals, aber ich tat einen tiefen Blick in die Herzen dieser Gelehrten, und das hat mich traurig gestimmt. Solche Leute sind keine echten Wissenschaftler. Darunter versteht man etwas anderes.

Kleine Wellen brechen sich an dem primitiven Anlegeplatz, wo ich und Atsuko damals in das Ruderboot gestiegen sind. Auf dem See erheben sich überall kleine schimmernde Wellen. Die weißen Flaggen auf den Mietbooten flattern im Wind. Man hätte sie hereinholen sollen. Ich finde es neuerdings immer ärgerlicher, wie man Dinge wegzubringen unterläßt. Es irritiert mich, wenn nicht alles seine Ordnung hat. Früher war ich nicht so. Machte ich Haruko jetzt nicht immer wieder darauf aufmerksam, holt sie die Wäsche, die ich von meinem Arbeitszimmer aus sehe, nicht herein. Und Hiroyuki läßt bereits frankierte Briefe achtlos tagelang auf seinem Tisch liegen. Auch an Kyôko und Sadamitsu ist eine Menge auszusetzen. Und es ist nicht nur die Familie. Mit den Leuten im Institut steht es kaum besser. Es verging, seit ich um einen kurzen Bericht über Lymphdrüsen bat, ein Jahr und schließlich war es der jüngste Student, der mit einem Zwischenbericht zu mir kam.

Ich möchte über nichts nachdenken. Nachdenken er-

schöpft mich. Es soll in meinem Kopf nur die Arbeit an dem »Arteriensystem der Japaner« sein. Heute habe ich den ganzen Tag mit Nebensächlichem vertan und muß nachts nachholen. Die Arbeit, die Arbeit, Shuntarô Miike, alter Gelehrter, muß weitergehen so lange du noch atmest! Bis spät in die Nacht muß ich heute die Erklärungen zu den Illustrationen für Band Neun schreiben, oder sollte das nicht möglich sein, wenigstens die entsprechenden Bezeichnungen. Ja – ich muß das Mädchen bitten, mir Sake zu bringen, damit ich etwas zum Trinken habe, sobald ich mit der Arbeit fertig bin und mich ins Bett lege. Zweihundert Gramm guten Sakes in einem sorgfältig ausgewaschenen kleinen Krug. Eine Arbeit, zu der ich früher eine Stunde brauchte, nimmt nun einen Tag, ja manchmal zwei oder drei Tage in Anspruch. Altwerden ist schrecklich.
Als ich mich vor fünfzig Jahren in diesem Raum befand, dachte ich nur ans Sterben. In der Jugend ist man frei von Gier und Geiz. Heute ist mir jeder Tag kostbar, der mir zu leben noch vergönnt ist. Professor Schwalbe ist tot und auch Professor Yamaoka aus Tôkyô ist gestorben, sicher war keiner darauf vorbereitet. Beide haben sich bestimmt gewünscht, länger – und sei es auch nur um einen Tag – zu leben, um weiter arbeiten zu können. Bei Tanio Kaigetsu war es nicht anders. Sein großer Ehrgeiz bestand darin, ein umfassendes Sanskrit-Wörterbuch zu schreiben, aber er hat es offenbar nicht zu Ende gebracht. Priester haben wohl ihre eigene Auffassung von Leben und Tod, doch Kaigetsu war kein Priester, er war ein Gelehrter. Und weil er ein Gelehrter unter Gelehrten war, liebte ich ihn. Ich glaube nicht, daß Kaigetsu zu sterben bereit war. Man redet oft von Erleuchtung, aber ich werde den Verdacht nicht los, daß Erleuchtung letzten Endes nichts als eine

bequeme Zuflucht für Träge ist. Der Mensch soll bis zu seiner Sterbestunde schuften. Zu was anderem ist er denn geboren? Ganz bestimmt nicht, um sich in der Sonne zu aalen. Er lebt nicht, um glücklich zu werden.
Heute wollte ich den Hira-Berg sehen. Ich wünschte es mir fast unerträglich stark. Haruko schickte ich aus dem Zimmer und versuchte meinen Zorn zu meistern. Ich kochte mir Tee auf, doch die Spannung in mir ließ nicht nach. Als ich aus der Teeschale aus Hagi-Keramik trank und sie dann auf die Knie setzte, schwebte unerwartet das Bild des Hira-Bergs vor mir. Im gleichen Augenblick, als der Geschäftsführer aus dem Ômori-Laden am Eingang klingelte, hatte ich meinen Entschluß gefaßt. Der Hira-Berg rief mich mit solcher Macht, daß ich ihm nicht zu widerstehen vermochte. Ich sitze nun schon den halben Tag da und betrachte den Hira. Dieser Berg, der bei Tageslicht so reich und farbentief aussieht, schimmert jetzt nur mehr schwach. Dafür ist die Grenzlinie zum Himmel fast zu hell geworden. Es braucht keine Stunde und der Hira ist wieder in Dunkelheit getaucht.
Als ich heute im Auto die Kyôto-Ôtsu-Straße fuhr, blühten die Azaleen von Keage in einzigartiger Pracht. Vielleicht stehen auch die Berg-Azaleen auf dem Gipfel des Hira in voller Blüte. Irgendwo am Hang leuchten die weißen Blüten. Die großen, weißen Büschel sind über den ganzen Berg verstreut. Ach, welch tiefen Frieden fände mein Herz, wenn ich auf dem Gipfel unter den herrlich duftenden Blüten liegen könnte. Allein schon die Vorstellung, da oben ausgestreckt zu liegen und in den Nachthimmel zu blicken, erfüllt mich mit Glück. Dort, nur dort gibt es etwas, was mich beruhigen und in den Schlaf wiegen könnte. Wenigstens einmal hätte ich da hinauf steigen

sollen. Jetzt ist es zu spät. Es ist mir nun absolut unmöglich.

Den Hira zu erklimmen, ist noch schwieriger als »Das Arteriensystem der Japaner« fertig zu schreiben.

An dem Schneetag, als ich in einem baumwollenen Mönchsgewand hierher kam und damals als die Geschichte mit Keisuke war und dann wieder später, als ich mit Atsuko da war und mit ihr in das Boot stieg, sah ich vor allem den Hira-Berg. Mein Auge ruht immer auf ihm. Aber ich kam niemals auch nur auf den Gedanken, ihn zu ersteigen. Warum wohl? Weil sich die Jahreszeit etwa nicht hierfür eignete? Nein, das war es nicht. Wahrscheinlich fehlte es mir an den hierfür nötigen Fähigkeiten. Ja, das war wohl der Grund.

Vor sehr langer Zeit, als ich das Photo mit den Berg-Azaleen sah, dachte ich, der Tag, an dem ich den Gipfel erstiege, müsse ganz sicher einmal kommen. Vielleicht ist es dieser Tag heute. Aber heute kann ich, selbst wenn ich es wollte, ihn nicht ersteigen.

Gut, ich werde wieder in mein Zimmer zurückgehen. Ich lasse mir schnell das Essen bringen und mache mich sofort an meine Arbeit. Wieviel Jahre sind es wohl her, seit ich, fern von dem Gelärm der Kinder, eine ruhige, gelassene Abendstunde genießen konnte. Irgendwo läutet jetzt eine Glocke. Oder phantasiert da ein alter Mann? Aber ich höre, hinter dem Rauschen in meinen Ohren, wirklich eine Glocke. Nein, das bilde ich mir nur ein. Ich arbeitete einmal in einer deutschen Berghütte in Triberg (ich hatte mich dorthin zurückgezogen, um eine Diskussion mit Dr. Steda vorzubereiten, eine Diskussion über die roten Knochen, die er in Sibirien gefunden hatte), und ich hörte das Geläute von Kuhglocken. Was war das für ein hübscher

Klang. Vielleicht hat heute irgend etwas diese so viele Jahre zurückliegende Erinnerung wieder wachgerufen.
Iß schnell! Ich muß arbeiten. Ich muß zurück in die Welt der roten Adern, in diesen Berg von Korallen.

Bibliothek Suhrkamp

Verzeichnis der letzten Nummern

533 Wolfgang Hildesheimer, Biosphärenklänge
534 Ingeborg Bachmann, Malina
535 Ludwig Wittgenstein, Vermischte Bemerkungen
536 Zbigniew Herbert, Ein Barbar in einem Garten
537 Rainer Maria Rilke, Ewald Tragy
538 Robert Walser, Die Rose
539 Malcolm Lowry, Die letzte Adresse
540 Boris Vian, Die Gischt der Tage
541 Hermann Hesse, Josef Knechts Lebensläufe
542 Hermann Hesse, Magie des Buches
543 Hermann Lenz, Spiegelhütte
544 Federico García Lorca, Gedichte
545 Ricarda Huch, Der letzte Sommer
546 Wilhelm Lehmann, Gedichte
547 Walter Benjamin, Deutsche Menschen
548 Bohumil Hrabal, Tanzstunden für Erwachsene und Fortgeschrittene
549 Nelly Sachs, Gedichte
550 Ernst Penzoldt, Kleiner Erdenwurm
551 Octavio Paz, Gedichte
552 Luigi Pirandello, Einer, Keiner, Hunderttausend
553 Strindberg, Traumspiel
554 Carl Seelig, Wanderungen mit Robert Walser
555 Gershom Scholem, Von Berlin nach Jerusalem
556 Thomas Bernhard, Immanuel Kant
557 Ludwig Hohl, Varia
559 Raymond Roussel, Locus Solus
560 Jean Gebser, Rilke und Spanien
561 Stanisław Lem, Die Maske · Herr F.
562 Raymond Chandler, Straßenbekanntschaft Noon Street
563 Konstantin Paustowskij, Erzählungen vom Leben
564 Rudolf Kassner, Zahl und Gesicht
565 Hugo von Hofmannsthal, Das Salzburger große Welttheater
567 Siegfried Kracauer, Georg
568 Valery Larbaud, Glückliche Liebende ...
570 Graciliano Ramos, Angst
571 Karl Kraus, Über die Sprache
572 Rudolf Alexander Schröder, Ausgewählte Gedichte
573 Hans Carossa, Rumänisches Tagebuch
574 Marcel Proust, Combray
575 Theodor W. Adorno, Berg
576 Vladislav Vančura, Der Bäcker Jan Marhoul

629 Louis Aragon, Libertinage, die Ausschweifung
630 Ödön von Horváth, Sechsunddreißig Stunden
631 Bernard Shaw, Sozialismus für Millionäre
632 Meinrad Inglin, Werner Amberg. Die Geschichte seiner Kindheit
633 Lloyd deMause, Über die Geschichte der Kindheit
634 Rainer Maria Rilke, Die Sonette an Orpheus
635 Aldous Huxley, Das Lächeln der Gioconda
637 Wolf von Niebelschütz, Über Dichtung
638 Henry de Montherlant, Die kleine Infantin
639 Yasushi Inoue, Eroberungszüge
640 August Strindberg, Das rote Zimmer
641 Ernst Simon, Entscheidung zum Judentum
642 Albert Ehrenstein, Briefe an Gott
643 E. M. Cioran, Über das reaktionäre Denken
645 Marie Luise Kaschnitz, Beschreibung eines Dorfes
646 Thomas Bernhard, Der Weltverbesserer
647 Wolfgang Hildesheimer, Exerzitien mit Papst Johannes
648 Volker Braun, Unvollendete Geschichte
649 Hans Carossa, Ein Tag im Spätsommer 1947
650 Jean-Paul Sartre, Die Wörter
651 Regina Ullmann, Ausgewählte Erzählungen
652 Stéphane Mallarmé, Eines Faunen Nachmittag
653 Flann O'Brien, Das harte Leben
654 Valery Larbaud, Fermina Márquez
655 Robert Walser, Geschichten
656 Max Kommerell, Der Lampenschirm aus den drei Taschentüchern
657 Samuel Beckett, Bruchstücke
658 Carl Spitteler, Imago
659 Wolfgang Koeppen, Das Treibhaus
660 Ernst Weiß, Franziska
661 Grigol Robakidse, Kaukasische Novellen
662 Muriel Spark, Die Ballade von Peckham Rye
663 Ernst Nossack, Der Neugierige
666 Yasushi Inoue, Die Berg-Azaleen auf dem Hira-Gipfel
667 Max Herrmann-Neiße, Der Todeskandidat
668 Ramón del Valle-Inclán, Frühlingssonate
669 Marguerite Duras, Ganze Tage in den Bäumen
670 Ding Ling, Das Tagebuch der Sophia
671 Yehudi Menuhin, Kunst und Wissenschaft als verwandte Begriffe
672 Karl Krolow, Gedichte
673 Giovanni Papini, Ein erledigter Mensch
674 Bernhard Kellermann, Der Tunnel
678 Julien Green, Moira
679 Georges Simenon, Der Präsident
689 Ferdinand Ebner, Das Wort und die geistigen Realitäten
696 Odysseas Elytis, Ausgewählte Gedichte
697 Wisława Szymborska, Salz

Bibliothek Suhrkamp

Alphabetisches Verzeichnis